新潮文庫

しゃばけごはん

畠中　恵著

川津幸子 料理

新潮社版

11529

本書について

日本橋の大店《おおだな》、長崎屋《ながさきや》のひとり息子、若だんなこと一太郎《いちたろう》は、聡明《そうめい》だけどとても病弱。そして、ある秘密を持っています。実は一太郎の祖母は、皮衣《かわごろも》とよばれる大妖《たいよう》でした。彼女は、人間である一太郎の祖父と恋に落ち、一太郎の母、おたえを産みました。つまり若だんなには、妖《あやかし》の血が流れているのです。

それゆえ長崎屋にはいつも妖達が集まります。若だんなのお世話をする、手代《てだい》の仁《に》吉《きち》と佐助《さすけ》も実は妖。そのほかにも、付喪神《つくもがみ》の屏風《びょうぶ》のぞきに貧乏神の金次《きんじ》、猫又《ねこまた》のおしろに鳴家《やなり》と呼ばれる小鬼達、などなどたくさんの妖が、若だんながお江戸に起こる難事件を解決するのを手伝っているのです。

そんな「しゃばけ」シリーズのお楽しみのひとつが、食事の場面です。

体の弱い一太郎に栄養をつけさせるべく、長崎屋の台所をあずかる女中頭のおくまが作るおいしそうな毎日のごはん。そして、事件が解決したときや、季節の行事、また何か良いことがあったというだけの理由で、しょっちゅう繰り広げられる妖たちの宴会に登場する料理の数々。家にこもりがちな若だんながときどき他出したときに口にする、特別な外食……。読みながら「若だんなと妖達が食べている献立を食べてみたい！」と思わされることもしばしばです。そんな読者の願いを叶《かな》えるべく登場したのが本書なのです。

著者・畠中恵さんによる、さまざまな楽しい食事場面を抜粋。そこに登場する料理を、『１００文字レシピ』などで知られる料理家の川津《かわつ》幸子《ゆきこ》さんが、現代の家庭でも作りやすいアレンジを加えて再現したのが、この『しゃばけごはん』です。おいしくシンプルなレシピには、「おゆきさん」こと川津さんのワンポイントアドバイスも添えられています。

「しゃばけ」シリーズに登場する江戸の献立は、どれも豆腐などの大豆製品や、野菜、魚といった、現代の和食の基本、と呼べるものが中心となっています。江戸時代には表向き禁忌とされていた肉はほとんど使わず、油もあまり使用していないこれらの献立は、味の濃いファストフードや化学調味料に慣れた私たちにとっては、心と体の両方にやさしく、古代から江戸を経由して今にいたるまでの、受け継がれてきた食文化を感じさせてくれます。

読者の皆さまも、若だんな達が食した味をおうちで再現することで、「しゃばけ」の世界に飛び込んだかのような気分をぜひ味わってみてはいかがでしょうか。

しゃばけごはん　目次

一 若だんなの食卓

二 豪華！ お花見弁当

三 江戸の料理屋にて

スタイリング　綾部恵美子
料理アシスタント　井上賀絵
写真　青木登（新潮社写真部）
器・布協力　べにや民芸店（Ｐ15、Ｐ55、Ｐ115）
挿絵　柴田ゆう

しゃばけごはん

一

若だんなの食卓

卵焼き

「おっかさん、おはようございます」

一人息子が無事朝餉《あさげ》を食べに来たので、長火鉢《ながひばち》の横にいたおたえの顔がほころんだ。

(飯を食べるだけで、こんなにも喜ばれる奴《やつ》って、私くらいのもんだろうね)

(中略)

さすがに炊《た》きたての飯とはいかないので、佐助《さすけ》が熱い湯をそそいで湯づけにしてくれる。朝は佐助が、昼は仁吉《にきち》が一太郎《いちたろう》の給仕をするのが常で、具合が良くて表に出られた時は、おたえは大概、一緒にいるのだった。

(贅沢《ぜいたく》なんだろうな、これは……)

若だんなが思うのもどうりで、膳《ぜん》には朝から卵焼きや干物が並んでいる。香の物、蜆《しじみ》の味噌汁《みそしる》、膾《なます》まであって、あと一時《いっとき》もすれば昼を迎えようというころの食事としては、やや重い。

それでもあれこれ言う立場ではなく、一太郎はもそもそと何とか一杯口に流し込んだ。

大人なら朝から四杯はかっこんでも、それは人並みなことだったから、お代わりが差し出せないことに情けなさがつのる。食べ終わると佐助は慣れているのかなにも言わずに、残り物の多い膳を抱えて、廻船問屋《かいせんどんや》の手代《てだい》としての仕事に消えた。

『しゃばけ』より

奉公人のつぶやき

若だんなこと一太郎の朝は遅い。すでに家族や奉公人たちの朝餉は終わり、皆忙しく立ち働いていますが、誰にも咎《とが》められることはありません。なぜならとっても病弱だから。けれども若だんなはそんな自分を情けなく思っているのです……。

今朝は少し重かったようですが、若だんなの好物は、何と言っても卵焼き。日々の食卓だけでなく宴会にも登場する、妖《あやかし》も大好きな料理です。

栄養満点の卵は、江戸時代にはちょっとした高級品でした。江戸時代後期の風俗誌『守貞漫稿《もりさだまんこう》』（一八五三＝嘉永《かえい》六年）によれば、江戸時代に存在したゆで卵売りは、ゆで卵を一個二十文で売っていたそうです。うどんやそばが一杯十六文だったことを考えると、とても高価だったということがわかります。体の弱い若だんなに、仁吉や佐助がせっせと卵焼きを食べさせたのは、大店《おおだな》で裕福な長崎屋《ながさきや》だからこそできたことでした。なにせ、若だんなのために、庭で鶏を飼っていたというのだから驚きです。

江戸時代の料理本、『卵百珍』こと『万宝料理秘密箱』を参照すると、このころの卵焼きは薄焼きが主流だったようです。けれども卵焼きといってイメージするのはやっぱり「厚焼き」。ここでは、ちょっと甘くて、冷めてもおいしく、お弁当のおかずにもお酒のおつまみにもなる卵焼きの作り方を紹介します。

卵焼き

レシピ

■材料（2～3人分）

卵3個　A（だし汁¼カップ、砂糖大さじ2、塩小さじ⅓、しょうゆ小さじ¼）　サラダ油少々

■作り方

①ボウルに卵を割り入れて溶く。箸《はし》の先をボウルにつけて卵白を切るように混ぜるとよい。

②Aの材料を合わせ、砂糖と塩をよく溶かして、①の卵に加える。

③卵焼き器をよく熱し、サラダ油を含ませたカット綿などで油を全体になじませ、一度底をぬれぶきんにあててから、卵液を大さじ2～3流し入れ、奥から手前に三つ折りにする。奥のあいたところに油を薄く塗って、卵を奥に移し、手前のあいたところにも油を薄くひく。再び卵液大さじ2～3を流し、卵を持ち上げて下にも流したあと、手前に三つ折りにする。これを繰り返して焼く。熱いうちに、巻きすにとって四角に巻き、形を整える。

【おゆきさんのひとこと】

しっかり味の卵焼きです。淡い味つけの関西風がお好みなら、だし汁¼カップ、砂糖・酒各小さじ1、みりん・薄口しょうゆ各小さじ½、塩少々で味つけをして焼いてみて。焼き上がりの形が悪くても、気にしない、気にしない。巻きすでどうにでもなります。

雷豆腐

　寝起きをしている長崎屋の離れで、若だんなは遅い昼餉を取っていた。その様子を、兄《にい》やである二人の手代達が、両脇《りょうわき》から奇妙な目つきで見つめている。

「若だんな、どうしたんです。びっくりするほど食が進みますね」

「そうだねえ。ここのところ全然寝込まないし、咳《せき》すら出ないね。まるで丈夫になったみたいだよ」

　にこにこしながら若だんなが、ご飯のお代わりを欲しがった。目の前に出てきた空の茶碗《ちゃわん》に、しゃもじを持ったままの佐助が、手も顔も強《こわ》ばらせている。

「いつもは茶碗に半分がせいぜいなのに！　大丈夫ですか、若だんな。源信《げんしん》先生をお呼びしましょうか」

　その言葉に、若だんなが苦笑を浮かべる。

「仁吉、佐助。私がご飯を食べたからって、医者を呼んでどうするんだい。毎日もっと食べるようにって、言っているじゃないか。食べ物が美味《おい》しいのは、良いことだろう?」

「……そりゃ、そうですけどねえ」

(中略)

甘い奉公人と、甘い甘い兄やたちと、更に甘甘甘の両親という、売り物の砂糖を全部集めたよりも極甘な者達に、若だんなはずっと守られ生きてきた。産まれてこの方、朝と昼と晩に、器用にもそれぞれ別の病で死にかけるほど、ひ弱だったからだ。

ところがここ何日かで、急に人が変わったように調子が良くなったのだ。今日も『雷豆腐』——砕いた豆腐を胡麻油《ごまあぶら》で炒《い》って、葱《ねぎ》のざく切りと大根下ろしを入れたもの——を、ぺろりと平らげている。古漬けの細切りも、揚げの入ったみそ汁も、旨《うま》そうに口にしていた。

『ねこのばば』所収「茶巾《ちゃきん》たまご」より

奉公人のつぶやき

「雷豆腐」は一七八二（天明二）年に刊行された『豆腐百珍』という本で紹介された料理です。この本は、江戸の人々にとって最も身近な食材であった「豆腐」を使った百通りもの料理を掲載しており、本書がきっかけで、江戸には料理本ブームが巻き起こりました。前出した『卵百珍』のほか『鯛《たい》』『柚子《ゆず》』『蒟蒻《こんにゃく》』『甘藷《いも》』などの「百珍もの」が登場しました。

『豆腐百珍』に紹介されているのは、八杯豆腐に田楽、焼き豆腐、ひりょうずなど、江戸の庶民が大好きな味ばかりですが、この「雷豆腐」もまた手軽さとおいしさで人気を集めました。豆腐を炒《いた》めるときの、油が爆《は》ぜるバチバチという音が、雷を連想させるため、この名前になったとか。炒めた葱の香ばしさと甘辛い味つけで、お肉もお魚も入っていないのに、満足感はばっちり。若だんなのようにご飯が何杯も進んでしまいそうです。

文庫版『やなりいなり』の巻末には、『豆腐百珍』を再現した料理家の福田浩さんと畠中恵さんの対談も掲載されていますので、ぜひご覧になってください。

雷豆腐

レシピ

■材料（２人分）

木綿豆腐１丁（300g）　ねぎ½本　大根100g　合わせ調味料（しょうゆ小さじ４、砂糖大さじ１、酒小さじ２）　ごま油小さじ２

■作り方

①豆腐は大きくちぎる。耐熱皿に二重にしたペーパータオルを敷いて豆腐を広げ、ラップをしないで、電子レンジ（500W）に３分かけたら、ざるにのせてさらに10分ほどおき、水けをきる。

②ねぎはみじん切りにする。大根はおろして軽く汁けをきる。

③鍋《なべ》にごま油を熱して①の豆腐を入れ、ほぐしながら炒める。ポロポロになったら、ねぎを入れてひと炒めし、合わせ調味料を回しかけ、仕上げに大根おろしを混ぜ合わせる。

鍋を熱くしてからごま油を入れて熱し、豆腐を加えてほぐしながら炒める。豆腐が温まればよい。

【おゆきさんのひとこと】

豆腐を鍋に入れるとバチバチと音がしますが、ひるまないで炒めましょう。大根おろしは汁にも滋養があるので、パサパサになるまで汁けをきらないよう気をつけて。

あげと葱のうどん

お粥《かゆ》に、大根の煮物。味噌漬け豆腐。

甘辛く味付けたあげを入れ、葱をたんと入れたうどん。ぬかみそ漬け付き。

熱々ご飯と具沢山の味噌汁、柔らかく煮付けた里芋。細く切って胡麻をまぶした沢庵《たくあん》。

最近調子の悪い若だんなのご飯は、食べやすいものが続いていた。

（中略）

若だんなが鳴家《やなり》達と共に、何とかご飯を食べきるのを見て、大きく頷《うなず》く。それから手早く膳を片付け、食後の薬の算段を始めた。

「若だんな、まだ夜、よく眠れませんか？」

「うん、どうしても、目が覚めちゃうんだよ」

多分、それで若だんなは、なかなか調子が良くならないのだ。

「何で起きちゃうのかしらねえ」

『やなりいなり』所収「やなりいなり」より

奉公人のつぶやき

具合の良くない若だんなのため、乳母《ばあ》やのおくまや兄や達の用意したご飯は、体に良く、胃に優しいものばかり。現代でも、お腹《なか》の調子が悪いときにうどんを食べることは多いですよね。

日本人が大好きな麺《めん》類。関東で好まれるのは蕎麦《そば》、関西はうどん、というイメージが定着していますが、もともとは江戸でもうどんが麺料理の主流でした。ところが、現在の蕎麦のように細く切った蕎麦切りが登場してからは、江戸っ子の気質に合った蕎麦の人気がうどんに勝ってしまったのだそうです。

いったい江戸の庶民はうどんや蕎麦をどんな汁で食べていたのでしょうか。

江戸時代初期のつけ汁は、お味噌からできたものだったようです。一六四三（寛永二十）年に刊行された『料理物語』という、元祖料理本ともいうべき書物によれば、うどんの汁に使われていたのは、「煮貫《にぬき》」または「垂れ味噌」とあります。「煮貫」とは、味噌に水を加えて揉《も》み、袋に入れて垂らした汁で、かつおぶしを煮たもの。「垂れ味噌」とは、味噌に水を加えて煮詰めたものを、袋に入れて垂らしたもの、という、作るのに手間がかかりそうなつけ汁でした。

やがて江戸後期には、かつおだしと醤油《しょうゆ》を使った汁が普及しました。そのころの江戸では、だしはかつおぶしから取るもので、今のように昆布《こんぶ》を合わせて使うことはありませんでした。昆布は、蝦夷《えぞ》と大坂を結ぶ北前船で運ばれるものだったので、江戸では普及しなかったから、というのがその理由です。

やさしいお味のだしが利《き》いたあたたかいうどんを食べると、疲れた心と体がほっこりします。寒い晩の夜食にもおすすめです。

あげと葱のうどん

レシピ

■材料（４人分）

冷凍うどん４玉　油揚げ２枚　煮汁（しょうゆ・砂糖各大さじ１、みりん・酒各大さじ½、水½カップ）　ねぎ２本　つゆ（だし汁7½カップ、砂糖大さじ２、塩小さじ２、しょうゆ大さじ４）　こしょう少々

■作り方

①油揚げは、１枚が四つの三角形になるよう対角線で切り、熱湯で１分ゆでたあと、水で洗い、水けを絞る。鍋に入れ、煮汁の材料を加えたら、落としぶたをして５分ほど煮る。

②ねぎは10㎝長さの縦四つ割りにする。

③別の鍋につゆの材料を入れて火にかけ、煮立ったらねぎを入れてサッと煮る。

④冷凍うどんを袋の表示に従って解凍して温め、器に盛る。③をかけ、油揚げをのせて、こしょうをふる。

【おゆきさんのひとこと】

ねぎの切り方に決まりはありません。斜め薄切りでも小口切りでも、大丈夫。ここでは、長く幅広に切りましたが、見た目の面白さだけでなく、うどんとからみやすくて、ひと味違った歯ごたえになりました。お好みでどうぞ。

胡《こ》椒《しょう》飯《めし》

「ねえ仁吉、佐助、私はこの月の終わりに、吉原《よしわら》の禿《かむろ》を足抜けさせて、一緒に逃げることにしたよ」

しだれ桜の季節も終わり、めっきり暖かくなった昼どき。廻船問屋兼薬種《やくしゅ》問屋長崎屋の離れで、昼餉の膳を前にした若だんなが、二人の兄や、仁吉と佐助に向かってそう言った。

相伴《しょうばん》していた兄や達の箸を持つ手が、ぴたりと止まる。二人は顔を見合わせると、佐助が腕を伸ばし、若だんなの額に手をあてた。どうやら病弱な若だんなが熱を出し、うわごとを言っていると思った様子だ。

だが若だんなはここのところ珍しく、体調が良かった。

「佐助や、熱は無いってば。禿の名はかえでだよ。もうすぐ十五なんだ」

「ほーっ」

兄や達二人の手代から出てきた声は、それだけだ。足抜けの話よりも、若だんなのぐあいが悪くないかどうかを、まだ疑っている様子だ。膳にある胡椒飯の減り方が、少ないせいかもしれない。

昼餉の献立は、胡椒飯、大根の梅肉あえ、味噌田楽《でんがく》にしたがんもどき、納豆汁、香の物であった。例によって若だんなには、いささか多すぎる。

『おまけのこ』所収「ありんすこく」より

奉公人のつぶやき

なんとも大胆不敵な若だんなの発言で、兄や達が胡椒を口にしたようにピリッとしてしまう「ありんすこく」。一太郎も大店の跡取りとして世間を知らなくては、という父の藤兵衛《とうべえ》に連れられて訪れた吉原の妓楼《ぎろう》で、ある禿に出会ったそうなのです。しかしその禿には事情があって……。

インド原産の胡椒は、大航海時代以前のヨーロッパにおいて、金や銀と同じように貨幣として扱われていたこともあるほど珍重された香辛料でした。八世紀には中国から日本にも伝わり、鎖国政策を取っていた江戸時代にも輸入されていて、生薬《しょうやく》や薬味として用いられていたそうです。

江戸時代の料理書『名飯部類《めいはんぶるい》』は、飯、粥、雑炊《ぞうすい》、鮓《すし》など米料理のみを扱った本です。飯は尋常飯《ただごとめし》、諸菜飯《しょなめし》、菽豆飯《まめめし》、染汁飯《そめめし》、調魚飯《うおめし》、烹鳥飯《とりめし》、名品飯《めいはん》といったジャンルに分けられ、それぞれの章に、しそご飯や青菜のご飯、はまち飯、鶏飯など、さまざまなご飯料理が掲載されています。

この本に紹介されているのが、若だんなの膳に出された「胡椒飯」。ピリッと爽《さわ》やかな胡椒の味わいのおかげでご飯がするする食べられて、ちょっと元気がないときや二日酔いのときなどに食べると、口がすっきりしそうです。ここでは熱いだしつゆをかけてみました。

胡椒飯

レシピ

■材料（4人分）

温かいごはん 茶碗4杯分　ねぎ1本　つゆ（だし汁4カップ、塩小さじ½弱、薄口しょうゆ小さじ2）　粗《あら》挽《び》きこしょう適量

■作り方

①ねぎは薄い小口切りにし、水にさらしてもんだあと、水けを絞る。

②鍋につゆの材料を合わせ、ひと煮立ちさせる。

③器に温かいごはんを盛り、熱いつゆをかけて、ねぎをのせ、粗挽きこしょうをふる。

【おゆきさんのひとこと】

これはもう、こしょうは挽き立てに限ります。こしょう挽きがない人も、諦めることなかれ。粒こしょうを皿にのせ、鍋の底でギュッと押しつぶして粗挽きにする方法をお試しあれ。

鰯《いわし》の照り焼き

　夕餉の膳には、油揚げと菜の煮もの、それに若だんなの好きな卵焼きが並んでいた。そして今日は、膳を前にした跡取り息子三人が、それぞれ違う表情を大貞《おおさだ》に見せていた。

「おんやぁ。三人とも、何かあったのかい？」

幸七《こうしち》は渋い顔をし、若だんなはにこにこと笑い、最後の小《こ》一郎《いちろう》は、何と頭に痛そうな瘤《こぶ》をこしらえていたのだ。

「ああ、気になるねえ。食べながら話しなよ」

大貞が酒を呑《の》みつつ問うてくる。すると真っ先に話し出したのは、若だんなであった。今日は一段と頑張ったのだ。

「お菓子、売れました。木箱一箱、完売です」

（中略）

昼間咳が出ていたのに、休まず夜席へ菓子を売りに行ったら、夕餉の席で少し顔がほてってきた。

（ああ、拙《まず》い。風邪でもひいたか）

若だんなは鰯の照り焼きに、溜息《ためいき》を向けた。己《おのれ》の病の事を、若だんなは本当によく承知していた。今回は仕事の為《ため》無理をしているから、少ししたら熱が上がるだろう。

『たぶんねこ』所収「跡取り三人」より

奉公人のつぶやき

両国界隈《かいわい》を仕切る大貞親分が提案した「三人の商人の跡取りのうち、だれが一番稼ぎを上げることができるか」という競争に参加し、大貞の家に住むことになった若だんな。兄や達は心配し、毎日若だんなのために大貞の家にお菜《さい》を届けます。ある日は芋の味噌煮に、大根のなます。別の日は油揚げと菜の煮ものに、卵焼き。大貞の家の者は、おかげで毎日うまいものが食べられる、と大喜びです。

勝負がはじまると、持ち前のアイデアで、寄席《よせ》で菓子を売り始めた若だんな。当初は調子が良かったものの、頑張りすぎがたたり体調を崩しそうに。兄や達のお菜、鰯の照り焼きにも、箸が進みません。

鰯は現代の日本の食卓でも馴染《なじ》みが深い魚です。江戸時代ももちろんよく食べられていたようですが、旬《しゅん》の時期は大量に獲《と》れてあまりに安くなるため、「干《ほし》鰯《か》」や「〆粕《しめかす》」として田畑の肥料にも使われていたそう。そういう理由で鰯は「下魚《げざかな》」とも呼ばれていました。

また、「鰯の頭も信心から」ということわざもあり、これは「鰯の頭のように取るに足らないものでも、信じる人にはありがたいものである」という意味。鰯には気の毒です。

けれども、安価でおいしいだけではなく、ＤＨＡやＥＰＡなどの栄養が豊富で体にも良い鰯は、きっと奮闘する若だんなの活力になってくれるはずです。

鰯の照り焼き

レシピ

■材料（４人分）
いわし４尾　片栗粉《かたくりこ》少々　たれ（しょうゆ大さじ２、砂糖大さじ１、みりん小さじ２）　サラダ油大さじ½　大根おろし、青じそ各適量

■作り方
①いわしは手開きにし、腹骨をすき取って、片栗粉を薄くまぶす。

②フライパンにサラダ油を熱し、①のいわしを皮目を下にして入れ、強めの中火で香ばしく焼く。焼き色がついたら裏返して弱火で焼き、火が通ったら、余分な油をペーパータオルで拭《ふ》き取ってから、合わせたたれを加え、強火で煮詰めながらからめる。

③器に盛り、大根おろし、青じそのせん切りを添える。

衣がボタッとした焼き上がりにならないように、片栗粉は薄くつける。あれば、刷毛《はけ》を使うとよい。

【おゆきさんのひとこと】
たれを加える前に、フライパンの中の余分な油を拭き取るのは、たれを照りよくからめるため。油が残っていると、たれをはじくので、いわしにたれがのりません。

茶巾たまご

『茶巾たまご』

これは紙にたまごを割り入れ、茶巾絞りにして茹《ゆ》でるものだ。紙を取った後、醬油を垂らして、もみ海苔《のり》をかけるか、葛餡《くずあん》をかけて、青のりを振ると、どちらも若だんなの好物となる。

しかし。長崎屋では体の弱い若だんなに限って、『茶巾たまご』は、いつも別の形で出されていた。信じられないことに、たまごの上に、たっぷりと白砂糖がかかっているのだ。

確かに世の中には、砂糖を茶巾たまごにかけるという食べ方がある。『万宝料理秘密箱』前編、別名『卵百珍』という本に出ているのだ。長崎屋で台所を預かるおくまお気に入りの、評判の一冊だった。

だが、若だんなはその食べ方が大嫌いだった。第一若だんなの膳にあるものは、砂糖の量が尋常ではない。器の中に白い山を作っていて、たまごを食べようと思ったら、そこに穴を掘っていって、たまごを探さなくてはならないほどだ。

「だから、たまごを甘くしないでおくれと、いつも言っているじゃないか。これじゃ、砂糖の富士山みたいだよ。ご飯と一緒に食べられないだろう」

文句を言っても、常人とは考えも好みも変にずれている佐助と仁吉は、生真面目《きまじめ》に首を傾《かし》げるばかりだ。

「どうしてなんです、若だんな。ぼた餅《もち》はお好きでしょうに」

「佐助、そういう問題じゃないんだよ」

若だんなには、みそ汁を飲みながら、ぼた餅を食べる趣味はない。

「贅沢な食べ方だと思いますが。それに砂糖は、滋養があるんですよ」

もう一人の手代仁吉が、小鉢を手にして勧めてくる。何としてでも食べるものかと、一寸、若だんなは歯を食いしばった。

『ねこのばば』所収「茶巾たまご」より

奉公人のつぶやき

　茶巾たまごとは、本来醤油などでしょっぱい味をつけていただくことが多い料理。けれども長崎屋では、病弱な若だんなのため、江戸では貴重で滋養のあるものとされていた砂糖がふんだんにかけられて出されていたようです。若だんなは不満そうですが、これはこれでおいしそうです。

　卵焼きの項でも触れた『卵百珍』は、江戸時代に流行したいわゆる「百珍もの」といわれる料理本のひとつ。この『卵百珍』には、なんと百三種類のたまご料理が登場しているとか。茶巾たまごもそのひとつです。江戸時代後期には、たまごを採取することを目的とした鶏の飼育がはじまり、まだまだ高価ではありましたが、たまごが庶民の食卓に登場することが多くなりました。長崎屋の台所を預かる女中のおくまさんのように、一般の女性も料理本に触れて、様々なたまご料理を作ることを楽しむようになったのですね。

　今回再現してみた茶巾たまごは、だしの利《き》いた上品な味わいの餡をかけた若だんなの好みのもの。あっさりしているので、いくつでも食べられそうです。

茶巾たまご

レシピ

■材料（4人分）

卵4個　あん（だし汁¾カップ、酒・みりん・薄口しょうゆ各大さじ½、塩小さじ⅛）　片栗粉小さじ1　青のり粉少々

■作り方

①オーブンペーパーを20㎝長さに切り、小鉢などに敷く。卵を割り落としてオーブンペーパーを茶巾絞りにし、口をたこ糸で結ぶ。同じものを四つ作る。

②鍋《なべ》にたっぷりの熱湯をわかして①を入れ、8分ほどゆでたら、水につけて冷やしたあと、卵を取り出して器に盛る。

③小鍋にあんの材料を合わせて煮立て、同量の水で溶いた片栗粉でとろみをつけて②にかけ、青のり粉をふる。

小鉢にオーブンペーパーを敷き、くぼみを作ってから、卵を割り入れる。隙間がないように口をしっかり縛るのがコツ。

【おゆきさんのひとこと】

生卵を茶巾絞りにするのに、ふきん、ガーゼ、ホイルと試してみた結果、オーブンペーパーが最適でした。口の縛り方で、いろいろな形の茶巾たまごができるのはご愛敬《あいきょう》。

焼《やき》茄子《なす》

人に厭《いと》われるはずの貧乏神が、沢山の茶饅頭《ちゃまんじゅう》と羊羹《ようかん》入りの重箱を抱え、お江戸のど真ん中、夏の昼下がりの道を歩いている。

（中略）

一時ほど前に降った雨のおかげで、大分涼しくなっており、道を行き交う者達も、ほっとした顔つきをしていた。取り立てて何か、特別な事があった訳ではないが、何とも心地よい夏の日なのだ。

「今日は菓子を置いたら、早めに風呂《ふろ》へ行っておくかな。何しろ、夕餉が楽しみだから」

お八つも終わった八つ時過ぎ、廻船問屋兼薬種問屋、長崎屋の離れへ、馴染みの魚屋がやってきた。そして、小ぶりな目ざしが沢山売れ残りそうなので、おまけを

するから買って欲しいと、若だんなに泣きついたのだ。

「人がいいっていうか、若だんなときたら、そっくり買ってたから。だからきっとあたし達は、あの目ざしで一杯やれる」

今頃目ざしの噂《うわさ》が伝わって、妖仲間の野寺坊《のでらぼう》や鈴彦姫《すずひこひめ》、化《ば》け狐《ぎつね》達も離れへ集まり、目ざしを焼きつつ食べようと、七輪の用意をしているに違いない。猫又《ねこまた》のおしろと化け狐は、稲荷寿司《いなりずし》や焼茄子、それにおから入りの味噌汁、から汁なんかも用意する筈《はず》だ。

「つまり今宵《こよい》は、大勢の妖が離れに集まって、楽しい宴会になるわけだ」

だから若だんなは金次《きんじ》に、甘い物も買ってきておくれと、お金をくれたんだと思う。

（中略）

袖《そで》内の鳴家達の声も嬉《うれ》しげで、金次は大きく頷《うなず》いた。まだちょいと暑いが、風も吹いてきたし、その内綺麗《きれい》な夕焼けになるだろう。穏やかでほっとする、夏の午後だった。

『おおあたり』所収「はてはて」より

奉公人のつぶやき

気持ちのいい夏の日。目ざしで一杯やろうと目論《もくろ》む金次が、おしろ達が用意してくれると期待している料理のなかに、焼茄子があります。

「一富士、二鷹《たか》、三なすび」。これらは初夢に出てくると縁起の良いもの、とされています。由来は諸説ありますが、その中には、江戸幕府を開いた徳川家康ゆかりの駿府《すんぷ》における名産を並べたものである、というものも。「富士」は富士山、「鷹」は鷹狩りが趣味だった家康の愛した駿府の鷹、「なすび」は駿府名産の「折戸《おりど》茄子」、というわけです。折戸茄子は、丸い形状と濃厚な味わいが特徴。将軍家に献上されていて、一個で一両もした、という話もありました。

もちろん庶民の間でも、茄子はよく食べられていました。江戸っ子の「初物好き」といえば、生活必需品を質に入れてまで食べようとしたという「初がつお」をめぐる熱狂が有名ですが、茄子も初物好きの例外ではなかったようです。「初物を食べると七十五日長生きできる」ということわざもあり、初物は、季節の変化を楽しむ娯楽で、旬の食物を取り入れる健康法でもありました。

焼茄子

レシピ

■材料（４人分）

なす４本　しょうが２かけ　かつお節、しょうゆ各適量

■作り方

①なすはがくを取り、丸のまま網の上にのせて、ときどき転がしながら強火で香ばしく焼く。皮が真っ黒に焦《こ》げて中まで柔らかくなればよい。

②粗熱をとったあと、まだ熱いうちに皮をむき、縦半分に切る。

③器に②を盛り、かつお節、おろしたしょうがをのせる。しょうゆをかけて。

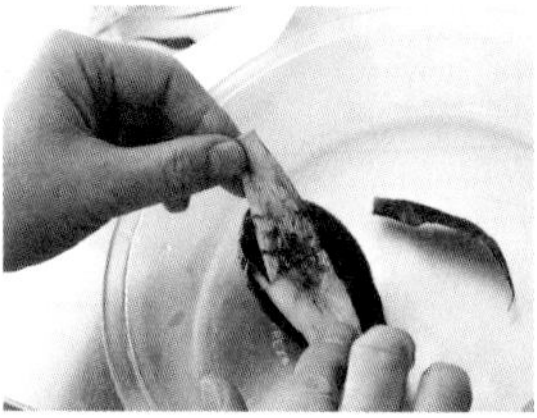

なすを焼いたら、熱いうちに皮をむく。指先をときどき水につけるとよい。冷めると皮がむきにくくなる。

【おゆきさんのひとこと】

焼きなすは、皮をむいたあと、実にうっすらと焦げ目がついているくらいがおいしいので、しっかり焼きましょう。焼いたあと、水にとると、どうしても水っぽくなってしまうのでご注意を。

小豆粥《あずきがゆ》

「わあっ」

大声と共に、疱瘡神《ほうそうがみ》は椀《わん》を投げ出したのだ。こぼれ出た熱い粥が、近くにいた鳴家に掛かった。小鬼は悲鳴を上げ走り出すと、屏風《びょうぶ》に突撃し、粥でくっついてしまった。

「何をするっ、それはただの粥ではない。小豆粥ではないかっ」

疱瘡神は赤を嫌うと言われている。つまり赤い小豆は、疱瘡神を避ける為の食べ物であった。

また、小豆は身を養うと言い、胃の腑《ふ》を丈夫にすると言って、兄や達はよく、若だんなの為に入れる。つまり、赤い小豆の入った粥は病除《やまいよ》けであり、眼前の者達皆が、大いに嫌うものでもあるのだ。

（中略）

「あのぉ、双方待ってください」

ここで、ゆったりとした声が、止めに入ったのだ。若だんなは自分で小豆粥をよそうと、恐ろしい五人へ、もう一度椀を差し出した。

「嫌わずに、一口どうぞ。存外美味しいですよ。食べ終わったら、今度は私の話を聞いて欲しいのですが」

自分にも、話したいことがある。五人に関係がある話だと言われ、疫神《えきじん》達は一寸《ちょっと》黙った後、興味を示した。だが、やはり小豆粥を食べるのは嫌なようで、小鬼達の方に差し出すのだが、一匹捕まって怖いめにあった鳴家は、なかなか近寄って来ない。

その内、意を決したように禍津《まがつ》日神《ひのかみ》が椀を手にする。一口食べると黒目を寄せ、「甘くない」と言い、首を傾げている。

『やなりいなり』所収「こいしくて」より

奉公人のつぶやき

長崎屋にやってきたのは、疫神、禍津日神、疱瘡神、時花神《はやりがみ》、そして風伯《ふうはく》。みな人に病をもたらす神々です。通町《とおりちょう》に急に蔓延《まんえん》した「恋の病」のせいで、自分達が活躍できない、と若だんなに詰め寄ります。そんな疫神達に出したのが、病除けの効果があるという小豆粥でした。

　縄文時代から食べられてきたという古来の食べ物、小豆。食物繊維やたんぱく質、鉄分などの栄養価が高く、特に、老化を防ぎ美しい体を作るポリフェノールが多く含まれることで注目されています。ポリフェノール由来の赤い色は、神秘的な力があるとして、古くから魔除けとして使われることもあったそうです。平安時代、養老律令《ようろうりつりょう》の施行について細かく記された「延喜式《えんぎしき》」には、その年に起きる悪いことや病気を避けるため、小正月の一月十五日に小豆粥を食べるという習わしについて記されています。ほっとするやさしい甘みが広がる味と、小豆のほっこりした食感が、これから始まる一年に向き合う心を穏やかにしてくれそうですね。

小豆粥

レシピ

■材料（4人分）

米1合（180ml）　小豆1/3カップ　塩小さじ1/2　黒ごま少々

■作り方

①鍋に小豆とかぶるくらいの水を入れて火にかけ、沸騰《ふっとう》後5分ほどゆでたら、ざるに上げてゆで汁をきる。

②あらためて水4カップを加えて沸騰させ、10分ほどゆでて、ゆで汁と小豆に分ける。

③ゆで汁に水を加えて6カップにし、洗った米と一緒に鍋に入れて30分ほどおく。

④③に小豆を加え、ふたをして強火にかけ、沸騰したらアクをとり、弱火にして、再びふたをして30分炊く。ふきこぼれそうになったら、ふたをずらしかけるとよい。塩を加えて火を止め、5分ほど蒸らしたら、器に盛って、黒ごまをふる。

粥用のふたつきの土鍋。ふきこぼれないように、深く丸みのある形で、ふたをかぶせる口周りが幅広くなっている。

【おゆきさんのひとこと】

できたての小豆粥のおいしいことといったら。ふわっと小豆のいい香りがして、粥がまださらさらしています。黒ごまがなんともいえないアクセントになりますよ。

湯豆腐

「おや寛朝《かんちょう》様、神通力《じんつうりき》が消えちまったのかい？」

金次が何故《なぜ》か、楽しげな表情を浮かべつつ聞くと、高僧は貧乏神をきっと睨《にら》み付けた。

「そうではない。現に私が書いた他の怪異封じの札は、今でも十分効いておる」

若だんなが、とにかく上がって下さいと頼み、僧二人も大きな炬燵《こたつ》に入る事になった。暖かい布団《ふとん》を足に掛けた寛朝達は、寺では使っていない炬燵の暖かさに、目を細めている。しかし、鳴家から一房蜜柑《みかん》を分けて貰うと、大きく溜息をついた。

「どうして札が役に立たなくなったのか、急ぎ調べた。すると、悪夢を食べる獏《ばく》が消えていたのだ。札に描いた絵の中におらん」

何故だかここ二日、江戸のあちこちで、悪夢のような光景が目にされていた。そして、不可思議を退治するならば寛朝が頼りになると、皆、広徳寺《こうとくじ》へやって来ているのだ。

「なのに、肝心の札が効かん。これでは寄進を、受け取る訳にもいかぬでな」

（中略）

怪異の訳は、湯豆腐の夕餉を取り、蜜柑と饅頭を食べても分からなかった。

『ひなこまち』所収「ばくのふだ」より

奉公人のつぶやき

お餅が喋《しゃべ》り出したり、藤兵衛だんなが悪夢を見たり、と長崎屋のまわりに不思議なことばかり起きる冬のある日。妖退治では右に出る者のいないはずの高僧・寛朝さんまでもが、「お札が効かない」という困りごとを抱え、長崎屋にやってきました。

寛朝さんと若だんな達をあたためてくれたのが、炬燵と、この湯豆腐でした。

湯豆腐

レシピ

■材料（4人分）

豆腐2丁　昆布10㎝長さ1枚　たれ（しょうゆ大さじ2、みりん・水各大さじ1、かつお節3g）　薬味（ねぎ$\frac{1}{2}$本、しょうが1片）

■作り方

①薬味を作る。ねぎはみじん切り、しょうがはすりおろす。

②豆腐は1丁を八つに切る。

③鍋に昆布を敷き、中央に、小鉢に合わせたたれをおき、たっぷりと水をはる。豆腐を入れて火にかけ、豆腐が中まで温まり、ゆらりと浮き上がる程度に煮えたら、豆腐をすくって器に取る。薬味をのせ、たれをかける。

温かい湯豆腐には、温かいたれを。小鉢に入れ、鍋の中央に置いて、豆腐といっしょに温める。

【おゆきさんのひとこと】

豆腐は、木綿、絹ごし、お好みでどちらでも。いずれにしても、煮すぎると味が落ちるので、食べる分ずつ鍋に入れて煮ましょう。湯豆腐用の小さな網じゃくしがあれば、雰囲気もいっそう盛り上がります。

寒い夜、だしが香る、やわらかくて熱々の豆腐をいただく至福……湯豆腐はそんな滋味深く、味わい深いお料理です。

　現代でも、鍋料理は冬の食卓には欠かせません。大きな土鍋を数人で囲んで食べるのがいわゆる現在の「鍋」のイメージですが、もともとは、江戸時代、長屋住まいの一人暮らしの男性たちがはじめた一人用の「小鍋立て」がその起源だといわれています。小さな鍋で、葱や肉をささっと煮て一人で済ませる食事、小鍋立ては、いかにも江戸っ子らしい粋《いき》な趣があります。

「雷豆腐」の章でも紹介した『豆腐百珍』には、湯豆腐を思わせる「湯やっこ」という料理が出てきますが、これはなんと葛湯《くずゆ》で豆腐を煮るというレシピ。だしよりもさらにとろっとした味わいが楽しめるようです。

　江戸時代は、湯豆腐を味噌《みそ》や葱とともに食べることもあったようですが、ここでは、かつおとこんぶのだしで煮て、たれと薬味で食べるという、豆腐本来の味をたのしむ調理法をご紹介しました。

二

豪華！　お花見弁当

「花と言えば、上野のお山に隅田川堤、御殿山《ごてんやま》、飛鳥山《あすかやま》といったところが人気でしょうか」

初めて花を見に遠出するのだ。どうせ行くのならば、とびきりの名所がいいと仁《に》吉《きち》が言う。周りに花見客が大勢いた方が、楽《がく》の音《ね》や賑《にぎ》やかな話し声が聞こえ、楽しいらしい。

（中略）

「せっかく行くのです。今回は花見の弁当にも、力を入れましょう」

こちらは、佐助《さすけ》の担当となるようであった。

「まずは、とっときの弁当箱を、倉から取り出さなくては。若だんな、酒を入れる徳利が付いた、特別な弁当箱ですよ」

「ああ、分かった。花の散った柄のあれでしょ」

若だんなが頷《うなず》くと、どんな品か見たかったらしく、付喪神《つくもがみ》達が土蔵へ走る。直《じき》に離れに現れたのは、凝《こ》った蒔絵《まきえ》が施された立派な弁当箱であった。

　四角い木枠の天辺《てっぺん》に、提《さ》げて持つ為《ため》の取っ手が付いており、その中に、四段の重箱と徳利が嵌《は》め込まれていた。枠の上の部分には、取り皿や酒杯が入るようになっていて、便利なことこの上ない。お重にはたっぷりと料理が詰められそうであったが、目にした佐助が、全く足りないと首を振ったので、童女達が目を丸くしている。

「倉にあるすべての弁当箱を、出すとしますかね」

（中略）

狐《きつね》達が七輪に葱鮪《ねぎま》鍋《なべ》を掛け、お重の料理が幔幕《まんまく》の内に行き渡ると、仁吉が三味線をじゃん、とつま弾いた。それを合図に、わっと楽しげな声が上がる。

「ああ、お花見が始まるんだ」

　何重にも張り巡らされた幔幕の中、若だんなは風に揺れる花の波を見上げて、少しばかりぼうっとなる。

（中略）

「やあ、楽しい花見になってきましたな」

　安堵《あんど》した様子の佐助は、ではそろそろと言い、立派な弁当箱を運んできた。どうやら若だんなの為の、とっておきの料理が詰まっているらしく、外枠から重箱を一段ずつ外すと、あれこれ説明し始める。

「まず一の重には、大板蒲鉾《かまぼこ》に、巻き蒲鉾。こいつは蒲鉾のすり身に、薄焼き玉子を貼《は》り付けてから蒸したもんです。それに蒟蒻《こんにゃく》の辛味煮転ばし、半片《はんぺん》、木の芽和《あ》えに胡麻《ごま》和え」

佐助はお味見をと言い、大板蒲鉾を若だんなや周りにいる皆に渡してから、次の段のお重を引き出す。これには鯛《たい》の塩焼きとか、帆立貝の串焼《くしや》き、海老《えび》の鬼殻《おにがら》焼き、鮪《まぐろ》の雉子《きじ》焼きなど、焼きものが入っていた。

「三の重は、若だんなのお好きな田楽《でんがく》ですよ」

色々な種類があるから、七輪の火で温め直すと言いかけ、佐助が急に黙った。見ると重箱は、あと一つしかない。三種の混ぜ飯を小さな握り飯にしたのと、種々の漬け物を入れた一段だけで、田楽の入った重箱は無かった。

『ゆんでめて』所収「花の下にて合戦したる」より

奉公人のつぶやき

重箱に詰まった様々な料理のほか、七輪や葱鮪鍋などが並ぶ若だんな達のお花見は、しゃばけシリーズに登場する食事場面のなかでも一二を争う豪華絢爛《けんらん》さです。しゃばけ風のお花見弁当を作って、江戸のお花見気分を味わってみましょう。

弁当の容器は、佐助が用意したような「提重《さげじゅう》」が一般的でした。持ち運べるように取っ手が付いていて、中には酒器のみならず、お椀や皿、醤油《しょうゆ》差しなども収納できる便利なものもあったとか。

長崎屋《ながさきや》の面々が入念な準備をして出かけたのは、いまも人気のお花見スポットとして知られる王子の飛鳥山。第八代将軍徳川吉宗が、江戸の人々のための行楽地となる場所を作ろうと、桜の木を千本以上植樹したことで、桜の名所となったそうです。飛鳥山では、飲酒や仮装、歌や踊りなどが許されていて、長崎屋一行のようにお祭り騒ぎを繰り広げる花見客はきっとそこかしこにいたことでしょう。

豪華！　お花見弁当

豪華！　お花見弁当

お品書き

・鯛の塩焼き
・帆立貝の串焼き
・たけのこの木の芽和え
・蒟蒻の辛味煮転ばし
・さやいんげんの胡麻和え
・海老の酒煮
・三種の混ぜ飯
・豆腐田楽

鯛の塩焼き

■材料

鯛1尾　塩適量　木の芽10枚　すだち1個

■作り方

①鯛は、内臓を除き、全体に塩をふる。焦《こ》げないよう、背びれ、胸びれ、尾びれには、ひれを広げながら塩を多めにまぶしつける。

②魚焼きグリルで両面を香ばしく焼く。木の芽をのせ、半割りのすだちを添える。

帆立貝の串焼き

■材料

蒸し帆立12個　たれ（酒・みりん各小さじ5、しょうゆ小さじ4）

■作り方

①鍋にたれの材料を合わせて、強火で1～2分煮詰める。

②帆立は、表面の水けをふき、①のたれを刷毛《はけ》で塗りながら、網の上で香ばしく焼く。2個ずつ串に刺す。

【おゆきさんのひとこと】

たれを塗りながら焼くと、しょうゆの焦げた香ばしい匂《にお》いが漂ってきて、食欲をそそります。生の帆立貝柱でもOK。

鯛の塩焼きと帆立貝の串焼き

たけのこの木の芽和え

さやいんげんの胡麻和え

蒟蒻の辛味煮転ばし

たけのこの木の芽和え

レシピ

■材料

ゆでたけのこ150g　煮汁（だし汁¼カップ、みりん大さじ1、薄口しょうゆ大さじ½）　合わせみそ（白みそ・みりん各大さじ2、砂糖小さじ2）　木の芽20枚

■作り方

①たけのこは1㎝角に切り、さっと熱湯に通す。鍋に煮汁の材料を合わせてたけのこを入れ、落としぶたをしたら2分ほど煮て、そのまま冷ます。

②小鍋に合わせみその材料を入れ、弱火にかけてぽたっとするまで練る。

③すり鉢に刻んだ木の芽と②のみそを入れてざっとすり、汁けをきった①のたけのことあえる。

小さなすり鉢に、刻んだ木の芽を入れ、練ったみそを加えて、すり混ぜる。

【おゆきさんのひとこと】

初夏を感じさせる木の芽の香り。食卓に一度は登場させたい日本の味ですね。木の芽みそは、3～4日は保存ができます。このほか、いかの刺身をあえたり、豆腐田楽（74ページ）に塗ってもおいしい。

蒟蒻の辛味煮転ばし

レシピ

■材料

こんにゃく１枚　赤唐辛子（種を取る）１本　サラダ油小さじ２　酒大さじ１　しょうゆ大さじ１½　一味唐辛子適宜

■作り方

①こんにゃくはスプーンで一口大にちぎり、鍋に沸かした熱湯で３分ほどゆでる。

②鍋にサラダ油を熱し、汁けをふいた①のこんにゃくを炒《いた》め、油が回ったら、赤唐辛子、酒、しょうゆを加えて、混ぜながら汁けがほとんどなくなるまで煮る。一味唐辛子をふる。

【おゆきさんのひとこと】

酒肴にはぴったりですが、ちょっと甘味が欲しいという方は、砂糖を小さじ２ほど加えてみてください。

さやいんげんの胡麻和え

■材料

さやいんげん200g　あえ衣（すりごま大さじ３、砂糖大さじ１～１½、酒大さじ½、しょうゆ小さじ２）　塩小さじ２

■作り方

①鍋に湯５カップを沸かし、塩を加えて、さやいんげんを入れて１～２分ゆで、ざるに上げて冷ます。

②①を２㎝幅の斜め切りにし、合わせたあえ衣であえる。

海老の酒煮

三種の混ぜ飯

海老の酒煮

レシピ

■材料

有頭車えび12尾　煮汁（しょうゆ大さじ４、酒½カップ、水１カップ）

■作り方

①えびは鮮度のいいものを選び、背わたを抜く。ひげは切っておく。

②鍋に煮汁の材料を合わせて煮立て、えびを入れたら、ふたをして２分ほど煮る。途中で一度、ひっくり返すとよい。煮汁ごとバットにあけて冷まし、そのまま味を含ませる。

えびが煮えたら、すぐに汁ごとバットにあけて冷ます。鍋に入れたままにしておくと固くなる。

【おゆきさんのひとこと】

鬼殻焼きのように、有頭えびの立派な姿を生かした料理なら、酒煮はいかが。たっぷりの酒がえびの臭みを消し、甘みをぐんと引き立てます。何より簡単で初心者でも失敗しないのがいいところ。

三種の混ぜ飯

レシピ

■材料

ごはん3合分　桜の花の塩漬け8個　たくあん40g　いりごま大さじ2　春菊1/3束（約60g）　塩小さじ1/4　しょうゆ小さじ1/2

■作り方

①ごはんは三等分にする。1/3量は、手に塩（分量外）をつけて8個の丸いおにぎりを作り、水で戻した桜の花の塩漬けを飾る。

②たくあんを5㎜角に切り、いりごま大さじ1とともに、ごはん1/3量に混ぜ、同様に丸くにぎる。

③春菊の葉を摘んで粗《あら》く刻み、塩をふってもみ、しばらくおく。しんなりしたら、水をかけてから、ふきんに包んで水けを絞り、しょうゆをかける。塩少々（分量外）、いりごま大さじ1とともに、残りのごはん1/3量に加えて混ぜ、同様に丸くにぎる。

【おゆきさんのひとこと】

丸くて可《か》愛《わい》いおにぎりも、お花見弁当をにぎやかにしてくれます。桜の花の塩漬け、春菊で作った菜飯などで、春らしさを演出。このほか、たたいた梅肉とごまを混ぜたり、みそを塗ったみそにぎりも好評間違いなし。

豆腐田楽

レシピ

■材料

木綿豆腐２丁　練りみそ（八丁みそ30g、みりん小さじ１、砂糖・酒・だし汁各小さじ２）　けしの実適量

■作り方

①バットに豆腐を入れ、上にラップを広げて、バットや皿など平らな重しをのせる。冷蔵庫に半日ほど入れ、水けをきる。

②小鍋に練りみその材料を合わせ、弱火にかけて練る。

③豆腐１丁を横長において、厚さ1.5㎝の六つに切り、魚焼きグリルなどで、両面を焼き目がつくまで香ばしく焼く。②のみそを塗り、あれば田楽串《ぐし》に刺して、けしの実を散らす。

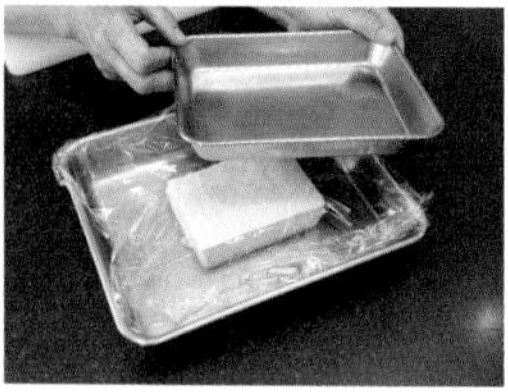

豆腐はくずれにくい木綿豆腐を使う。重しをし、豆腐の厚みが$\frac{3}{4}$〜$\frac{2}{3}$に減るとよい。

【おゆきさんのひとこと】

水けが抜けた豆腐は、濃厚で生とはまた違ったおいしさ。焼いて香ばしさが加わればなおさらです。練りみそは冷めるとのびにくくなるので、温かいうちに塗りましょう。

豆腐田楽

奉公人のつぶやき

落語の「長屋の花見」では、長屋の大家さんが八っつぁん熊さんを伴って花見に繰り出します。ところが、懐《ふところ》に余裕がない大家さんが用意したのは、玉子焼きの代わりに沢庵《たくあん》、蒲鉾の代わりに大根のこうこ、そしてお酒の代わりに「お茶《ちゃ》け」。今では安価な玉子や蒲鉾ですが、当時は高級品だったのです。長崎屋のお花見とはくらべものにならないほどの質素さですが、この落語からは、お金をかけなくてもとにかくお花見を楽しみたい、という江戸っ子の花見への情熱がうかがえます。

また、若だんな達が王子を花見場所に選んだ理由のひとつに、「扇屋の玉子焼き」がありました。扇屋は一六四八（慶安元）年創業、現在も王子にある実在のお店です。これまた落語の「王子の狐」は、人を化かす狐が反対に人にだまされてしまう、というお話ですが、ここにも「扇屋の玉子焼き」が登場するほど、江戸時代から名物として有名でした。六十二〜六十三頁の写真下の美味《おい》しそうな玉子焼きはその扇屋のものです。

三

江戸の料理屋にて

魚の白和えと蕪の風呂吹き

年も改まった、寒いある日の事。

江戸は大川の河畔《かはん》にある料理屋、河内屋《かわちや》の二階座敷に、大勢の大商人《おおあきんど》が集まっていた。そして窓際《まどぎわ》に並んだ三人の若者が、少しばかり緊張した顔で順に挨拶《あいさつ》をする。

「初めてお目に掛かります。廻船問屋《かいせんどんや》兼薬種《やくしゅ》問屋、長崎屋《ながさきや》のせがれ、一太郎《いちたろう》でございます」

「手前は日本橋近く、塗物《ぬりもの》問屋武蔵屋《むさしや》の跡取り、幸七《こうしち》でございます」

「おれ……いや私は、江戸橋側《そば》の煙管《きせる》問屋、松田屋《まつだや》の息子、小一郎《こいちろう》です」

きちんと名乗る姿を、今日の集まりを仕切っている河内屋の主《あるじ》が、にこやかな顔で見つめている。

「いやいや、三人ともお若いが、ご立派な挨拶でありました」

河内屋が頷《うなず》くと、仲居が座へ、まずは酒と肴《さかな》を少々運び入れてくる。

今日の会は表向き、通町《とおりちょう》周辺の商人が、寒蜆《かんしじみ》を味わう会となっていた。だが実の所は、三人の商人の跡取り息子達を、仲間内へ披露する集いであった。

若だんなは酒のちろりを手に、これからよしなにと、店主達へ挨拶をしに廻る。


（中略）


「皆さん、お待ちかねの料理が届きましたよ」

仲居達が、湯気と共に入ってきて、座が一層賑《にぎ》やかになった。

二人で持つ程大きな盆には、大皿に載った鯛《たい》の丸揚げ煮や、松風卵《まつかぜたまご》、いり鴨《がも》、鰯《いわし》の天ぷらなどが載っている。その横、畳の上へ直に置かれた幾つかの大鉢には、魚の白和《しらあ》えや百合根《ゆりね》の金山寺《きんざんじ》和え、蕪《かぶら》の風呂吹《ふろふ》き、油揚げの煮物、ぬた、漬け物などなど、数多《あまた》の料理が盛られていた。

『たぶんねこ』所収「跡取り三人」より

奉公人のつぶやき

父に連れられて、大川の河畔にある料理屋、河内屋の大宴会にやってきた若だんな。酒を手に、店主達へ挨拶まわりをしながら返杯をいただいて、頬を染める場面もありました。

江戸時代には、河内屋のような座敷を備えた料理屋がたくさん生まれました。個室があるため密談にはうってつけで、江戸留守居役の武士達によって、接待や政治談義をする場所として重宝されました。また、商人文化が発展していくにしたがって、長崎屋のような商人たちが、先の引用場面のように交渉や交流の場に用いたりもしました。そして、文人墨客《ぶんじんぼっかく》と呼ばれる教養ある文化人も、料理屋をその会合の場所として用い、書籍などでその料理を取り上げることで、ますます料理屋は繁栄を極めました。

なかでも有名なのは、山谷の「八《や》百《お》善《ぜん》」、深川の「平《ひら》清《せい》」、日本橋の「百《もも》川《かわ》」など。江戸後期には「料理茶屋番付」なるものも登場し、江戸の人々も、現代と同じように人気のお店の情報を収集するようになっていたようです。

特に「八百善」は、蜀山人にも「詩は五山 役者は杜若 傾はかの 芸者は小萬 料理八百善」と絶賛され、江戸で一番の料理屋として知られていました。茶漬けのための水をわざわざ玉川（玉川上水）まで汲《く》みに行き、そのために客を半日も待たせ、料金はなんと一両二分と超高額であった、という驚きの逸話が、『寛天見聞記』という書物に残されています。

若だんなたちの会のお目当ては「寒蜆」のようですが、河内屋では、ほかにも美味《おい》しそうな料理がたくさん供されています。

ここで出される「魚の白和え」は、『豆腐百珍続編』（一七八三＝天明三年）という、『豆腐百珍』の続巻に作り方が掲載されています。オリジナルは味噌《みそ》六、豆腐四に白胡《しろご》麻《ま》を混ぜる、という重めのレシピですが、今回は味噌は省略、さっぱりと軽やかなお味に仕上げました。おかずにもおつまみにもなります。

「蕪の風呂吹き」は、現代でもおなじみ。レシピのように甘めの練り味噌をかけるのが定番ですが、江戸の料理本『素人庖丁《しろうとぼうちょう》二編』（一八〇五＝文化二年）では、山椒《さんしょう》味噌、しょうが味噌、わさび味噌、青のり味噌、などなど、季節や席に応じていろんな味の味噌をかけることが提案されています。

魚の白和え

蕪の風呂吹き

魚の白和え

レシピ

■材料（4人分）

しめさば70g　木綿豆腐1丁（300g）　A（すりごま大さじ3、酒大さじ½、砂糖大さじ2、薄口しょうゆ大さじ1、塩少々）　きゅうり1本　塩小さじ¼

■作り方

①豆腐はざっとほぐし、二重にしたキッチンペーパーにのせ、ラップをしないで電子レンジ（500W）に3分かけ、ざるにのせてさらに30分ほどおいて水きりをする。

②きゅうりは薄い輪切りにして塩をまぶし、しんなりしたらさっともんでから洗い、ふきんに包んで水けを絞る。しめさばは、5㎜厚さの薄切りにして、横半分に切る。

③①の豆腐をボウルに入れ、泡立て器でつぶしてなめらかにし、Aを加えて混ぜあわせたら、②の具を加えてあえる。

豆腐を電子レンジにかけたあと、ざるにのせて30分ほどおき、さらにしっかりと水けをきる。

【おゆきさんのひとこと】

昔は、白和えの豆腐をすり鉢ですって、なめらかなあえ衣を作っていました。今はすり鉢を持っていない人も多いかもしれませんね。泡立て器もなければ、手でも大丈夫。

蕪の風呂吹き

レシピ

■材料（４人分）

かぶ小６個　A（だし汁１½カップ、酒大さじ１½、薄口しょうゆ大さじ１）

練りみそ（みそ50g、砂糖小さじ２、酒・みりん・だし汁各大さじ２）

■作り方

①かぶは葉と実に分け、実は半分に切って、皮を縦に２㎜厚さにむく。葉はさっとゆでて、４㎝長さに切る。

②鍋《なべ》にAとかぶの実を入れて火にかけ、煮立ったら落としぶたをして、かぶが柔らかくなるまで15分ほど煮、煮汁につけたまま冷ます。

③小鍋に練りみその材料を合わせ、弱火でとろりとするまで３～４分煮る。冷めると固くなるので、ゆるめで止める。

④器に汁けをきった②のかぶを盛って、ゆでた葉少々を添え、③のみそをかける。

かぶの皮は筋っぽいので、厚めにむく。実との境目にある筋に沿ってむくのがポイント。

【おゆきさんのひとこと】

かぶは、箸《はし》ですっと切れるくらい柔らかく煮ましょう。好みで粉山椒をふってもよく合います。

蜆の飯と蜆汁

勿論《もちろん》蜆の汁に、蜆の飯もたっぷりと来た。間に銘酒の入ったちろりが置かれ、料理を賞賛する声と共に、酒が次々注《つ》がれてゆく。皆が口々に河内屋を褒めると、主は嬉《うれ》しげに腕の立つ料理人の自慢をした。

すると。

このとき大貞《おおさだ》が杯をひょいと掲げ、こう言いだしたのだ。

「こいつぁ美味《うま》い料理ばかりだ。いや大したもんだ」

己の縄張り、両国の小屋にいる者達では食べられない、豪勢な品々だという。

「ご存じだろうが、両国橋の両岸は、いわゆる盛り場ってやつだ。子分達は、余所《よそ》から流れてきた者が多くてな。誰が上に立つかってのは、まあ、腕っ節と稼ぎの高《たか》で決まる地だ」

（中略）

「例えばこちらの跡取りお三方は、誰かに頼らず、仕事を自分の力で得ることが出来るかな。そして、一番稼ぐのは誰なんだろうな。おりゃぁ、そいつが知りたくなった」

『たぶんねこ』所収「跡取り三人」より

奉公人のつぶやき

「寒蜆を味わう会」こと、商人達の跡取りお披露目の会で、両国界隈《かいわい》を仕切る大貞の親分が驚きの提案をします。その顚末《てんまつ》は三十二頁「鰯の照り焼き」をご覧下さい。

蜆の旬《しゅん》は夏と冬。若だんなたちが食べたのは冬の「寒蜆」ですが、夏の蜆は「土用蜆」といいます。肝臓にもいい「オルニチン」をはじめとする栄養がたっぷりの蜆の飯と蜆汁は、病弱な若だんなにもうってつけの料理です。

蜆の飯

レシピ

■材料（４人分）

米２合　蜆300〜400g　薄口しょうゆ大さじ２　酒¼カップ

■作り方

①蜆はかぶるくらいの真水につけて２時間ほどおき、砂抜きする。殻と殻をこすり合わせてよく洗う。

②米は洗ってざるに上げ、30分ほどおく。

③鍋に①の蜆と酒を入れ、ふたをして火にかけ、口があいたら火を止めて、蜆と蒸し汁に分け、蜆の身を取り出す。飾り用に殻つきを少し残しておく。

④炊飯器に米を入れ、③の蒸し汁としょうゆを入れて混ぜ、２合の目盛りまで水加減したら、③のむき身をのせて炊《た》く。

⑤炊き上がったら、全体を混ぜ合わせて器に盛り、飾り用の蜆をのせる。

【おゆきさんのひとこと】

貝の炊き込みごはんは、一般的には、貝が固くならないように、貝を煮た汁で米を炊き、仕上がりに貝を混ぜます。ただ、蜆の場合は、身が小さいので米といっしょに炊き込み、しっかりとうまみを引き出します。

蜆汁

レシピ

■材料（４人分）

蜆250g　酒$\frac{1}{4}$カップ　みそ大さじ３〜４

■作り方

①蜆はかぶるくらいの真水につけて２時間ほどおき、砂抜きする。殻と殻をこすり合わせてよく洗う。

②鍋に水$3\frac{3}{4}$カップ、蜆を入れて火にかけ、アクを取りながら煮る。貝の口が開いたら、みそを溶き入れる。

蜆の砂抜きは、真水につけるのが基本。殻の表面の汚れは、殻をこすり合わせて洗う。

【おゆきさんのひとこと】

砂が残らないよう丁寧に作る場合は、蜆の口が開いたら一度取り出し、汁をこします。それから鍋に蜆と汁を戻してみそを溶き、ひと煮して器に盛ります。好みで粉山椒をふってどうぞ。

四

妖《あやかし》たちとの宴会

やなり稲荷《いなり》

皿に載っていたのは細長い、稲荷寿司《ずし》の山であった。

「守狐《もりぎつね》特製、やなり稲荷です」

守狐達が、若だんなの横に置かれた長火鉢《ながひばち》の、猫板《ねこいた》の上に皿を置く。〝やなり〟という言葉を聞いて、長崎屋《ながさきや》に巣くう小鬼の鳴家《やなり》達が、わらわらと天井から降りて、若だんなの掻《か》い巻きによじ登ってきた。

「きょわわ、稲荷寿司、細いよ」

「美味《おい》しそう。きゅんいー、稲荷寿司の上に、海苔《のり》で顔が描いてある」

「我に似てるな」

「きゅげ、我にも似てる」

「そっくり、我に、そっくり！」

鳴家達は皆、この稲荷寿司は、己を真似《まね》て作られたのだと言いだし、嬉《うれ》しげな顔をしている。若だんなは「こんっ、こん」と咳《せき》をしつつも、楽しそうに笑みを浮かべた。

「こほっ、本当にかわいい、稲荷寿司だね。さすがは守狐達、おあげを使った料理、上手だ」

「勿論《もちろん》です。狐こそ、あげの一番の料理人です」

自信満々に言うので、ならば直《す》ぐに皆で食べようと、小皿に取り分ける。よくある俵型のものと違って、あげを長く半分に切って、細く巻いてある稲荷寿司は、何だか格好が良い。しかし、小さな鳴家達には少々持ちにくいので、若だんなが稲荷寿司を、箸《はし》で小さく輪に切って皿に載せた。すると、鳴家達はきゅわきゅわと声を上げ、端から稲荷を抱え込む。

『やなりいなり』所収「やなりいなり」より

やなり稲荷

レシピ

■材料（6個分）

米1合　昆布2g　すし酢（酢大さじ1½、砂糖大さじ1弱、塩小さじ½）　おろしわさび小さじ1　油揚げ3枚　煮汁（だし汁1½カップ、きび砂糖大さじ3½、みりん・しょうゆ各大さじ2）　三つ葉（ゆでる）1束　焼きのり適量

■作り方

①米は洗い、昆布を加えてすしモードで炊き、昆布を除いて熱いうちに、合わせたすし酢を混ぜ、粗熱《あらねつ》が取れたら、おろしわさび、ゆでて刻んだ三つ葉を加える。

②油揚げは開きやすいように全体に菜箸《さいばし》を転がしてから、縦長に半分に切る。熱湯で1分ゆで、水で洗ったあと、水けをよく絞る。

③鍋《なべ》に煮汁のだし汁を煮立て、②ときび砂糖を入れて落としぶたをして4分煮る。みりん、しょうゆも加え、煮汁が少なくなるまで、さらに10〜15分煮て、そのまま冷ます。

④③の油揚げの煮汁を軽く絞り、煮汁を手につけながら、①のすし飯を6等分して詰める。焼きのりを切って鳴家の顔を描き、稲荷にのせる。

【おゆきさんのひとこと】

細長い稲荷ずしは珍しいですね。作ってみると、端からパクパクと食べやすかったです。油揚げはゆでてからさっと洗うと油がきちんと抜けて、煮汁がよくしみますよ。

奉公人のつぶやき

米を愛する日本人にとって、寿司は特別なご馳走《ちそう》です。稲荷寿司を始め、握り寿司、押し寿司、巻き寿司などなど、寿司にはさまざまなバリエーションがありますが、保存食である「なれずし」がその起源だとされています。

「なれずし」は、塩をした魚を米とともに発酵させ、魚を長持ちさせるというもの。米は発酵でドロドロになってしまうため、魚を食べるのが目的の保存食でした。琵琶湖《びわこ》の名物「鮒《ふな》寿司」は、今も残る「なれずし」です。

こうした「なれずし」が、次第に発酵時間の短い米を食べるための料理に変わっていき、上方で箱に米と魚を詰める「押し寿司」が登場。押し寿司は江戸にも伝わりましたが、より手っ取り早く食べるために、酢を混ぜた米を握ったその上に魚の切り身をのせて食べる「はやずし」という、のちの「握り寿司」が登場したわけです。

稲荷寿司は名古屋で生まれました。当初は主に家庭内で調理されて食べられていたようですが、江戸後期には、屋台でも販売されるようになったそうです。

味《み》噌《そ》漬《づ》け豆腐

「ねえ、久しぶりに栄吉《えいきち》と話したいんだ」

若だんなは安野《やすの》屋《や》の上客だから、しばし栄吉と話をするくらい、大目に見てもらえるのだ。風邪と胃痛と熱を乗り越えた若だんなは、友と会うのを、それは楽しみにしていた。

（中略）

若だんなは駕籠《かご》に乗る前、栄吉への土産として、台所で味噌漬け豆腐をたっぷり、竹皮に包んでもらった。友の好物だし、夕餉《ゆうげ》のお菜《さい》が一品増えれば、安野屋の奉公人達もきっと喜ぶ。栄吉が少しばかり長く若だんなと話し込んでも、怒らないに違いないと思ったのだ。

ところが。

いざ安野屋へ着いてみると、当の栄吉は、珍しくも大層忙しかった。若い二人の客と話をしていて、直《す》ぐには若だんなの所へ、来られそうもなかったのだ。

それで、他の手代《てだい》が菓子を見せてくれたのだが、安野屋はこの日売れ行きが大層良かったらしく、鶉焼《うずらやき》や金団《きんとん》、薯蕷饅頭《じょうよまんじゅう》などがきれいに無くなっていた。「きゅー……」がっかりしたのか、小鬼達が小声を出したので、若だんなが慌《あわ》てて袖《そで》を押さえる。

そして若だんなは、その妙な素振りを取り繕うように、土産だと言い、味噌漬け豆腐を安野屋の手代に渡した。

「これは、ありがとうございます。若だんな、みんな喜びます」

『やなりいなり』所収「あましょう」より

奉公人のつぶやき

長崎屋ではしょっちゅう味噌漬け豆腐を作ります。お酒が大好きな妖《あやかし》達にとって、最高の酒の肴《さかな》になるからです。そして、若だんなの友、栄吉にとっては、

ご飯のお供。若だんなの見舞いにやってきたときは、味噌漬け豆腐をご飯に載せて食べているんだそうです。おつまみにもおかずにもなるし、栄養満点で経済的。いまの食卓でも重宝すること間違いなしです。

一六九七（元禄《げんろく》十）年刊の『本朝食鑑《ほんちょうしょっかん》』に「味噌は、我が国で毎日用いる汁」とあるように、江戸の食卓において、味噌は欠かすことのできない調味料でした。ではいったい庶民は味噌をどのように手に入れていたのでしょうか。

江戸時代の風俗を記した『守貞漫稿』によれば、上方では味噌を自宅で作ることが多かったようですが、江戸では味噌屋で購入するのが一般的でした。江戸には、徳川家康の出身地である三河の豆味噌をはじめ、全国各地から大量の郷土色溢《あふ》れる味噌が集められていたそうです。

最も人気があったのは、仙台の伊達政宗が軍用に作り、やがて全国に広がったという仙台味噌。保存期間が長いのが特徴です。また、武田信玄が育成に力を入れた信州味噌もよく食べられていました。やがて、江戸生まれの「江戸甘味噌」という味噌も登場しましたが、こちらは塩分が少な目で米麹《こめこうじ》をたっぷり使った高級品だったそうです。

味噌漬け豆腐

レシピ

■材料（４人分）

木綿豆腐１丁（300g）　みそ200g　みりん、酒各大さじ１

■作り方

①豆腐は二重にしたペーパータオルにのせ、ラップをしないで電子レンジ（500W）に３分かけたあと、平らな皿などをのせてさらに１時間おき、水きりをする。

②みりんと酒を合わせて煮きり、みそに加えて混ぜる。

③保存容器に②のみその半量を敷き、二重にしたガーゼを広げて豆腐をのせる。この上にガーゼをかぶせて、残りのみそでおおい、ふたをして冷蔵庫で１～２晩漬ける。

④表面のみそをしごき取って、適当に切り分け、器に盛る。

みそ床に豆腐を直接漬けるのではなく、間にガーゼを入れると、豆腐が取り出しやすい。

【おゆきさんのひとこと】

このみそ漬け豆腐、お酒のつまみだけでなく、栄吉のように、温かいご飯にのせたら最高でした。漬かり加減は好みですが、３日漬けてもおいしい。みそ床は、２～３回使えますよ。

葱鮪《ねぎま》鍋《なべ》

　その後離れで、寝たままの若だんなが真っ先にしたのは、妖達へのご褒美《ほうび》を揃《そろ》える事であった。

「大福に団子、花林糖《かりんとう》に饅頭に羊羹《ようかん》」

　あられや煎餅《せんべい》、加須底羅《かすていら》もある。その上後ろには、大きな酒の徳利が並んだ。そして妖達へ、無事に事が収まったら、離れで宴会をすると約束をする。

「きゅい、卵焼きも食べたい！」

「おしろが長火鉢《ながひばち》で、葱鮪の鍋を作りますよ。温かいのも欲しいです」

　こうなると、何故《なぜ》だか顔を見せる妖達は、増えると相場が決まっている。おしろや小丸《こまる》以外にも、猫又達が沢山集っていたし、河童《かっぱ》も大勢姿を見せ、大丈夫、宴会を開くとなれば、ちゃんと親分の禰々子《ねねこ》にも来て貰《もら》うからと、胸を張った。

『なりたい』所収「人になりたい」より

今回大いに活躍したご褒美に、今日妖達は、天狗《てんぐ》や化け狐、河童達も呼んで、楽しく宴《うたげ》を開くことになっているのだ。

「やなりいなり、大皿一杯、出来ました」

「湯豆腐と葱鮪の鍋、並べましたよ」

「ああ、蒲鉾《かまぼこ》と卵焼きは重箱の中です。焼き魚とお刺身、酢の物は、幾つかのお皿に分けて盛ってますから、並べて」

「お菓子！　お菓子どこ？　きょんっ、栄吉さんのお菓子が、一杯ある！」

「天狗の皆さんが、お酒の大樽《おおだる》と一緒に、お着きですよ」

賑《にぎ》やかねとおたえが言い、若だんなが笑みを浮かべる。長崎屋の時を越えてゆく声は、今日は少しの不安も寂しさも含まなかった。

『とるとだす』所収「ふろうふし」より

奉公人のつぶやき

葱鮪鍋とは、鮪《まぐろ》のお刺身と焼いた葱を鍋にしたものです。「鮪を鍋にいれるなんてもったいない！」、そんな声も聞こえてきそうです。

いまでは日本人に熱狂的に愛されている魚、鮪ですが、江戸時代は人気がありませんでした。なかでも鮪の「トロ」は、脂身《あぶらみ》の多いことから、食べられない部分として田畑の肥料になったり、捨てられたりすることも多かったとか。流通がいまほど発達していなかったため、相模《さがみ》湾で獲《と》れた鮪が日本橋の魚市場に着く頃には鮮度が落ちていた、ということも理由の一つでした。

葱鮪鍋は、そうした鮪をおいしく食べる工夫だったのです。

「ねぎまの殿様」という落語があります。ある殿様が上野広小路に出かけたところ、良い匂《にお》いに誘われて、身分の低い者が利用する店だとお付きの者が止めるのも聞かず煮売屋に入ります。殿様はそこで食べた葱鮪鍋をいたく気に入り、お屋敷に帰って料理人に作らせるも……というお話。鮪のうまみと葱の香りが溶け合う葱鮪鍋は、町人のみならず殿様も虜《とりこ》にする味わいだったようです。

葱鮪鍋

レシピ

■材料（２人分）

刺し身用まぐろ200g　塩小さじ１½　ねぎ１本　煮汁（だし汁１カップ、酒¼カップ、しょうゆ大さじ１½、みりん小さじ１、砂糖大さじ½、塩少々）　七味唐辛子少々

■作り方

①まぐろは２㎝角に切る。水１カップに塩を溶かし、まぐろを浸《つ》けて、20分ほどおいたら、取り出して水けをふく。

②ねぎは３㎝長さに切る。

③鍋に煮汁の材料を煮立て、②のねぎを入れて煮、柔らかくなったら、①のまぐろを入れて好みの加減まで火を通す。器にとり、七味唐辛子をふる。

【おゆきさんのひとこと】

用途に合わせ、材料を塩水に浸ける手法を「立て塩」といいます。魚なら、下洗い用で、臭みを取り、うまみを引き出す効果があるので、冷凍物が多い現代の刺身用まぐろにはうってつけです。煮汁もこれまた現代風に、さっぱり味にしましたが、濃いめが好みなら、しょうゆと砂糖を増やしてください。

五

しゃばけグルメ

奈良《なら》茶飯《ちゃめし》

遅い昼餉《ひるげ》を食べ終わった後、若だんなは頑張って昼寝をしてみた。すると待っていてくれたからか、場久《ばきゅう》の夢は存外簡単に若だんなを包み、三人の旅路を伝えてきたのだ。

どういう次第になっているのか、場久が見ていると思《おぼ》しき風景が、夢の中で、若だんなの目の前に広がった。

(中略)

宿場なのか、両側に大きな家並みが見える道で、場久の明るいつぶやきが聞こえてくる。道には多くの人達が行き交い、荷を引く馬や、飛脚の姿も見えた。すると先をゆく僧が振り返り、場久に向き合ってくる。

「おお、若だんなが夢に入ったとな。ならば、知らせねばならん。ほれ見てくれ。

鳴家《やなり》が二匹、付いてきてしまった」

途端、「きゅい」「きゅわ」、明るい声がして、袖《そで》の内から鳴家達が顔を出す。更に、「米饅頭《よねまんじゅう》」「米饅頭」と、何故《なぜ》だか嬉《うれ》しげに騒ぐ声が続いた。

「ああ今、川崎《かわさき》宿へ来ておるのだ。先程奈良茶飯を食べたというのに、小鬼達ときたら川崎宿名物の、饅頭を欲しがっておってな」

寛朝《かんちょう》の声は聞こえるものの、夢の内にいるからか、場久以外とは直《じか》に話せないらしい。奈良茶飯と聞き、若だんなが「いいな」とつぶやくと、場久が笑って、連れの二人へその言葉を伝えた。

「若だんな、奈良茶飯は茶飯に豆腐汁、煮染《にし》めが付いた膳《ぜん》でした」

猫又《ねこまた》の四郎が、もう少し鰹節《かつおぶし》をきかせて欲しかったと言っている。

『すえずえ』所収「寛朝の明日」より

奈良茶飯

レシピ

■材料（４人分）

米２合　ほうじ茶の葉大さじ１　黒豆40g　A（薄口しょうゆ大さじ１、塩小さじ½）　栗《くり》の甘露煮（瓶詰め）100g

■作り方

①米は炊《た》く30分前に洗ってざるに上げる。

②ほうじ茶の葉に熱湯２½カップを注ぎ、ほうじ茶を作る。

③フライパンに黒豆を入れて火にかけ、たえず混ぜながら、４～５分炒《い》る。香ばしい匂《にお》いがして、表面の皮がはじけ、はじけた部分が薄い茶色になったら、バットに広げて冷ます。

④炊飯器に①の米を入れ、２合の目盛りまでほうじ茶を注いで水加減したら、Aを加えて混ぜる。黒豆を広げてスイッチを入れ、炊《た》き上がったら全体を混ぜて、１㎝角に切った栗の甘露煮を散らす。

淹《い》れたてのほうじ茶を使う。黒豆から色が出るので、ご飯の色が濃くならないよう、薄口しょうゆと塩で調味する。

【おゆきさんのひとこと】

ほうじ茶で米を炊く？　と不思議に思われるかもしれませんが、炊き立ては、ほうじ茶と黒豆、双方の香ばしい風味が驚くほどよく合っています。黒豆は多めに炒り、瓶に入れて保存しておくと、思い立ったときに作れます。

奉公人のつぶやき

東海道の小田原《おだわら》宿で起こった怪異を調べるため出かけた僧、寛朝。若だんなもついていきたがりますが、佐助《さすけ》の許しが出ず、仕方なく貘《ばく》の場久の夢に入ってその旅路をのぞきます。寛朝たちは途中の川崎宿に来ているようですね。

「奈良茶飯」とは聞きなれない料理かもしれません。その起源は、奈良の東大寺、興福寺と言われています。お茶を煎《せん》じて、塩少々を加え、大豆や黒豆、栗などを加えて炊いたごはんで、江戸に伝わってからは、茶ではなく醤油《しょうゆ》で炊くようになったそうです。明暦《めいれき》の大火（一六五七＝明暦三年）後の復興の際に、浅草寺のあたりで始まったという飯、汁、菜をセットで出す「奈良茶飯屋」は、その後江戸に激増し、八十頁でも紹介した「八百善」などの料理屋の原型になったといわれています。

　寛朝たちが立ち寄った川崎宿には、万年屋《まんねんや》という奈良茶飯で有名な店があり、十返舎一九《じっぺんしゃいっく》の『東海道中膝栗毛《とうかいどうちゅうひざくりげ》』にも登場したことで人気を博すようになったとか。弥次《やじ》さん喜多《きた》さんと同じ味を、寛朝たちも味わったことでしょう。

炒り豆と醤油豆

「この酒、王子の化《ば》け狐《ぎつね》達が、〝黄《き》唐久松《がらひさまつ》〟と名付けた程の、銘酒だそうで」

長く生き、数多《あまた》の名酒を知る妖《あやかし》黄唐が、久しく待つ程の酒。そういう意味らしい。

「確かに、本当に美味《おい》しゅうございます」

酒は王子の化け狐が言付かり、昨日まとめて長崎屋《ながさきや》へ持ってきた。

「それで、大角樽《おおつのだる》を二つ持参しました」

「おお、珍かな般若湯《はんにゃとう》とは！　これは嬉しい事だ」

寛朝は酒をさっそく徳利に移し、まずは般若湯として御仏《みほとけ》へお供えした。そして残りは……寺に巣くう妖達に飲まれてはいけない。よって昼ではあるが、早々に味を確かめる事にした。

すると、そういう話になると心得ていたのか、佐助がさっと肴《さかな》を酒の横へ差し出す。

「何と、焼き味噌《みそ》に芋《いも》の煮転ばしまで持参とは。若だんな、気が利《き》くのぉ」

秋英《しゅうえい》が直《す》ぐ、寛朝が好きだという炒り豆と、皆の杯を持って現れ、部屋に銘酒の芳香が漂う。

『すえずえ』所収「寛朝の明日」より

奉公人のつぶやき

「般若湯」とは、僧侶《そうりょ》の間で「お酒」を指す隠語でした。「般若」、つまり知恵が湧《わ》き出る水、ということで、お酒をこう呼んだのだそうです。

そんな「般若湯」に目がないのが、妖退治で有名な高僧、寛朝。若だんな達が持参した銘酒〝黄唐久松〟やおつまみに目を輝かせますが、なんといっても弟子の秋英が持ってきた炒り豆が好物なのだそう。

炒り豆

醤油豆

鎌倉時代以降日本で独自の発達を遂げた精進料理は、殺生《せっしょう》を禁ずる仏教の教えに従い生き物を食さない僧たちのための、穀物や野菜を主体としたものでした。穀物や野菜では足りない栄養を補ったのが、大豆。豆腐や湯葉、納豆に加工され、たんぱく質の供給源となりました。

炒り豆は、豆腐や納豆のように複雑な工程のない、ただ炒るだけ、というもっともシンプルな大豆料理。けれども、大豆の力強い風味が味わえて、ついついつまむ手がとまらなくなります。

節分で鬼に向かって撒《ま》くのも、この炒り豆。「魔《ま》」を「滅《めっ》する」という語呂《ごろ》合わせからきているのだそうです。生の豆ではなく炒った豆を使うのは、生だと芽が出てしまって縁起が悪いからだそう。妖退治の僧、寛朝が、炒り豆を好むというのは、納得ですね。

このできたての炒り豆を漬け汁に漬けて作る醤油豆もまた、般若湯のおつまみには最高です。

炒り豆

レシピ

■材料

乾燥大豆１袋（300g）

■作り方

①フライパンに大豆を入れて中火にかけ、絶えず混ぜながら、５分ほど炒る。皮がはじけ、表面に焦《こ》げ色がつけばよい。

醤油豆

■材料

乾燥大豆１袋（300g）　漬け汁（しょうゆ¾カップ、みりん½カップ、だし汁１カップ）

■作り方

①鍋に漬け汁を合わせてひと煮立ちさせる。

②炒り豆と同様に豆を炒り、熱いうちに①に漬ける。４～５日は保存できる。

【おゆきさんのひとこと】

家で大豆を炒ると、しっかりしたかみごたえの炒り豆になります。これを調味料に漬けたしょうゆ豆は、実は明治生まれだった私の父の得意料理。番外編として、ご紹介します。

夜《よ》鷹《たか》蕎《そ》麦《ば》と焼き味噌

「あれ、夜鷹蕎麦の店でも出ているのかな」

他には月しか明かりの無い中、提灯《ちょうちん》は大層明るく感じられた。屋台や薦《こも》を巻いた樽《たる》が浮かび上がり、僅《わず》かに湯気が上がるのさえ見える気がする。

（中略）

「六鬼《ろっき》坊《ぼう》殿、あの提灯に書かれた字をご覧下さい。あの蕎麦屋には酒もあるようでございますよ」

「何、酒とな。そうか……酒か」

六鬼坊は、そうと聞いたからにはよく考えてみねばならぬだろうと言い出した。味わった事の無い酒が目の前にあることが、不満を宥《なだ》めたらしい。

（中略）

店の親爺《おやじ》は六鬼坊の顔を見ても驚きはしなかった。二杯ずつ蕎麦を頼み、その内一杯は、屋台見世から離れた陰で鳴家達に食べさせる。一朱を払い、残りの分で酒を出してくれと頼むと、親爺が味噌を焼いたつまみがあると言ったので、六鬼坊はご機嫌になった。焼き味噌は、亡《な》くなった山伏の八《や》坂坊《さかぼう》が好きな一品であったと口にする。

「あいつが生きていたときは、朴木《ほおのき》の葉に塗りつけた味噌を焼き、それをつまみに、良く飲み良く喋《しゃべ》ったわ。面白い日々だった」

『いっちばん』所収「天狗《てんぐ》の使い魔」より

奉公人のつぶやき

寝ていたところを天狗の六鬼坊にさらわれた若だんな。六鬼坊は若だんなの祖母、皮衣《かわごろも》に頼みがあるようで、そのために若だんなを人質にしようというのです。若だんなは長崎屋に帰してもらうため、天狗に「どちらか先に食べ物を手に入れたほうが勝ち」という勝負を持ちかけます。そこで見つけたのが、上野の不忍池《しのばずのいけ》の端《はた》にある、夜鷹蕎麦の屋台でした。夜鷹蕎麦、とは、夜間に蕎麦を出すお店、またはその蕎麦のことを指します。

　縄文時代から食べられていたという蕎麦ですが、最初は蕎麦の粉を練った「蕎麦がき」として食されたものが、やがてうどんを真似《まね》た「蕎麦切り」として、いまのような麺《めん》のかたちで食べられるようになったといわれています。

　江戸ではもともと上方からつたわったうどんが親しまれていました。しかし、蕎麦の人気がすぐにそれを上回ってしまいました。ささっとかっ込む食べ方が、せっかちな江戸っ子に合っていたこと、独身男性の多い江戸で手軽な食事として受けたこと、などがその要因と言われています。

『守貞漫稿』によれば、このころの江戸には、蕎麦屋がひとつの町に一軒の割合で存在していたそうです。てんぷら蕎麦やしっぽく蕎麦などメニューは多様化し、酒やつまみも出されていました。若だんなが立ち寄ったような屋台もあれば、料理屋のようにきちんとした店構えのものなど、さまざまな店舗形態で営業されていたようです。

夜鷹蕎麦と焼き味噌

レシピ

■材料（４人分）

そば４玉　A（かつお節20g、しょうゆ・みりん各½カップ、水２～２½カップ）　ねぎ１本

焼きみそ（みそ50g、くるみ〈食塩不使用〉20g、砂糖大さじ１～１½、みりん小さじ１）

■作り方

①つけづゆを作る。鍋《なべ》にAの材料を入れて強火にかけ、沸騰《ふっとう》したら火を弱め、アクを取りながら１～２分煮て、こす。かつお節は絞ってよい。

②ねぎは、小口切りにして水の中でもみ、水けを絞る。

③そばをゆでて洗い、水けをきって器に盛り、①のつゆとねぎを添える。

④焼きみそを作る。くるみをざっとすりつぶして、その他の材料と混ぜ合わせ、アルミホイルに広げて、温めたオーブントースターで５分ほど焼く。

【おゆきさんのひとこと】

このつけづゆを、倍量のだし汁で薄めれば、かけづゆになります。多めに作っておくと、ざるそば、かけそば、どちらもすぐに楽しめて便利です。

味噌漬けの牛肉

赤酢《あかず》屋《や》は上方で、江戸へ大切な荷を運ぼうとしていた。店と関わりのある大名家の、江戸留守居役から頼まれた荷であった。早めに送りたかったが、その荷で困ってもいた。特別な珍味として赤酢屋が買い集めたのは、味噌漬けの牛肉であったからだ。

「端《はな》は手前自身で、江戸へ運ぶ心づもりやった。でも、ついでにあれこれ頼まれたもんやから、荷の量が多うなりましてな。とても無理になって」

船で運んでもらうしかないと思ったものの、大切な肉だ。鼠《ねずみ》の出るような湿気《しけ》った船底に転がされては、傷《いた》んでしまう。藩邸に納めた後、もしその肉が駄目になっていたら、赤酢屋が責を負う事になる。

「どうしたらええんか、困っておったんです」

そんな時赤酢屋は、丁度江戸から大坂に来ているという、廻船問屋《かいせんどんや》の噂《うわさ》を聞いたのだ。

「そこの廻船問屋の船は、手入れも良いし、沈まんし、不思議と嵐《あらし》などにも遭わんそうで。大坂の港でも、有名な店ということやった」

ならばその船で荷を運びたいものだと、赤酢屋は知り合いの料理屋に、藤兵衛《とうべえ》を紹介してもらったのだ。

『すえずえ』所収「おたえの、とこしえ」より

奉公人のつぶやき

主《あるじ》、藤兵衛の留守中に長崎屋を訪れた赤酢屋という男。藩邸に納めるための大事な荷、味噌漬けの牛肉を長崎屋の船に預けたのに、まだ届かないと言うのです。「荷がもし駄目になったら、長崎屋が弁済すべきだ」と、若だんなの母、おたえに詰め寄ります。しかし、赤酢屋の訴えはどうもうさんくさく……。

江戸時代、特に五代将軍徳川綱吉が「生類《しょうるい》憐《あわれ》みの令」を発した元禄《げんろく》期は、肉食は禁忌とされていました。しかしながら、完全に禁じられていたわけではなく、天保《てんぽう》の頃には、猪《いのしし》や鹿《しか》、豚の肉を鍋で食べさせる獣肉の料理屋も出ていたそうです。

狩猟に縁の深い武家社会では、獣肉を食べることはもともとは一般的だったようです。特に近江《おうみ》国彦根《ひこね》藩では、牛肉を味噌に漬けたものを「反本丸《へんぽんがん》」と呼び、将軍や幕府の要人に贈っていたという記録が残っています。ただ、表向きには牛肉を食べることは禁じられていたので、薬用ということになっていたとか。

その後、時代が江戸から明治に移ると、牛鍋屋が大ブームを巻き起こし、現代では牛肉食は日本人にとって当たり前のことになりました。しかし、江戸時代にこっそり味わう禁断の牛肉は、きっと得も言われぬおいしさだったことでしょう。

味噌漬けの牛肉

レシピ

■材料（４人分）

牛ランプ肉（塊）400g　塩適量　みそだれ（白みそ100g、酒・みりん各大さじ３、砂糖・しょうゆ各大さじ１）　あればゆずの皮適量

■作り方

①牛肉は1.5㎝厚さに切り、両面に軽く塩をふる。

②バットにみそだれの材料を混ぜ合わせ、①の肉を入れてからめて、冷蔵庫に入れる。翌日から食べられる。

③②の牛肉の表面のみそを箸《はし》などでしごき落とし、焼き網または魚焼きグリル、フライパンなどで好みの加減で焼く。

④器にそぎ切りにした牛肉を盛り、ゆずの皮のすりおろしを散らす。

焦げやすいので、肉の表面のみそを箸でしごき落としてから焼く。

【おゆきさんのひとこと】

仕上げにゆずの皮をふると、とてもよく合います。みそ床に、ゆずの輪切りを1/2個分加えるのもおすすめ。２～３日は漬けたまま保存できますが、個人的には５日目くらいが好きです。

六

お待ちかねのおやつ

三春屋《みはるや》の茶饅頭《ちゃまんじゅう》

翌日、三春屋からの菓子は、長崎屋《ながさきや》の離れに届かなかった。栄吉《えいきち》は確かに一太郎《いちたろう》に、茶饅頭をどっさりと渡しはした。だがそれは一太郎と共に、横手の木戸からこっそりと、長崎屋を出て行ってしまったのだ。

「大丈夫かい？　きっと後で叱《しか》られるよ」

栄吉はまだ心配している。だが一太郎は、久しぶりに付き添い無しで外に出たものだから、嬉《うれ》しさで一杯だった。ぴょこぴょこ道で跳ねてから、栄吉に笑いかける。

「そりゃきっと怒られるよ。でも心配ないのに。近所で遊んでいるみなの所へ、行くだけだもの」

一太郎と栄吉は妙な影について、まず子供らから詳しく聞き、影への対策を練ることにしたのだ。それで京橋の先、表長屋の路地にある、栄吉の仲間のたまり場へ

向かっていた。二人で道々茶饅頭を食べながら、一太郎は昨夜考えついたことを栄吉に話す。

(中略)

小さな一太郎が一人前に銭を出すと、見世《みせ》の若い娘は笑って茶を運んでくれた。袖《そで》の中に残っていた三春屋の茶饅頭を見つけ、包みを床机《しょうぎ》の上に置き、もそもそと食べ始める。疲れていて甘い物は嬉しい。だが、とても気が沈んでいた。

(ろくに歩けもしないなんて! 多分われは、大きくなれずに死んじまうんだ)

『おまけのこ』所収「動く影」より

奉公人のつぶやき

これは若だんなこと一太郎が五歳の頃のお話。親友である菓子司《かしつかさ》三春屋の息子、栄吉とともに、町に出没する不穏な影について調べるため張り切って出かけたものの、途中でへばって栄吉に置いて行かれてしまいました。そんな若だんなの疲れを癒《いや》したのが、この三春屋の茶饅頭でした。

鎌倉時代、中国に留学した禅僧が、「点心《てんじん》」とよばれる軽食を日本に伝えました。その中に羊羹や饅頭の原形もあったのです。点心は、その後の和菓子のルーツとなったといわれています。

羊羹はもともと、読んで字のごとく、羊の肉や内臓を煮込んだ羹《あつもの》（汁物）のことだったそうです。その濃い茶色に似せるため小豆を使い、いま日本で食べられている「羊羹」になったとか。

饅頭は諸葛孔明の時代、戦に勝って敵の武将の首を並べる代わりに、祝いに食べた肉を詰めた蒸し物だったといわれ、「頭」という字はそこから来ているという説があるそうです。日本に伝わった饅頭も、もとは野菜が詰められ、垂れ味噌《みそ》や汁とともに食べるもので、甘い饅頭は「砂糖饅頭」といわれ区別されていました。やがて砂糖が普及するにつれ、江戸時代後期には餡子《あんこ》を詰めた甘い饅頭が庶民にも手の届くお菓子となりました。

三春屋の茶饅頭

レシピ

■材料（12個分）

小豆あん（小豆150g、砂糖200g、塩小さじ1/6） 皮（小麦粉130g、ベーキングパウダー小さじ1/4、重曹小さじ1/2強、黒砂糖80g、水1/4カップ、酒小さじ1 1/2） 片栗粉《かたくりこ》適量

■作り方

①小豆あんを作る。鍋《なべ》に小豆とたっぷりの水を加えて沸騰《ふっとう》させ、3～4分ゆでたら、ゆで汁を捨てる。あらためて水をたっぷり加え、再び沸騰したらアクを取りながら、豆が柔らかくなるまで、弱火で50分ほどゆでる。ゆで汁をきり、砂糖を加えたら、絶えず混ぜながら7～10分煮詰め、塩を加えて冷ます。1個25gくらいに丸めたあんを12個作る。

②皮用の小麦粉、ベーキングパウダー、重曹は合わせてふるう。

③刻んだ黒砂糖を鍋に入れ、水を加えて煮溶かし、冷めたら酒を加える。ここに②の粉類を加えて混ぜ、ひとつにまとめて、片栗粉を薄く広げた台の上にのせる。外側から中に向けて軽くこね、棒状にして12等分する。生地を直径6㎝の円形にのばして、①のあんを包み、クッキングペーパーを敷いた蒸し器にとじ目を下にして並べて、強火で8分蒸す。蒸し上がったら、うちわであおいで表面を手早く冷ます。

【おゆきさんのひとこと】

これはぜひ、蒸し立てをほおばってください。時間がたつと皮が固くなるけれど、それを網で焼いても乙な味。

栄吉の辛あられ

「おや、入ってたのはあられだった。甘くない。というより、辛めの味だな」

屏風《びょうぶ》のぞきはぽりぽりと軽い音を立て、更に食べてゆく。

「安野《やすの》屋《や》であられを作ってるとは、思ってなかったな。そういやあ栄吉さんの作った餡子なしの団子は、まあまあ食えたっけ」

妖《あやかし》が食べ続けているものだから、ここで鳴家《やなり》達が恐る恐る、別の袋からあられを盆に出した。そして勇気のある何匹かが、一つ口に放り込む。そうしたところ。

「きゅんいーっ、美味《おい》しいっ」

一声上げると、小鬼達は一斉に、あられを食べ始めたのだ。

「へっ？」

若だんなが驚いていると、貧乏神と兄《にい》や達も、あられを口に放り込む。三人はさっと顔を見合わせ、揃《そろ》って笑い出した。

「ひゃひゃっ、こいつは酒が欲しいねえ」

「さ、酒？」

若だんなが寝床の内で驚いていると、仁吉が一粒くれた。ぴりりとした唐辛子の味と、醤油《しょうゆ》の香ばしさが口に広がる。

「あ、これは……いけるよ」

鳴家がせっせと食べているのもどうりで、若だんなは横になったまま頷《うなず》く。

「栄吉ったら、凄《すご》い。この味、大当たりだ。これなら売れるんじゃないかな」

『おおあたり』所収「おおあたり」より

奉公人のつぶやき

栄吉が作った新しい菓子、辛《から》あられは長崎屋の面々に大評判。そこに目をつけた若だんなの案で、辛あられを居酒屋で売り出したところ、江戸中で大受け。

唐辛子味のほかに、わさびや辛子味噌の味も登場し、一躍大人気商品となりました。

江戸に居酒屋が登場したのは十八世紀半ばのことでした。もともとは量り売りの酒屋が客に店先で酒を飲ませていたものが、つまみも共に出すようになり、やがて専門の居酒屋が登場したといわれています。

そもそも、江戸という町は独身男性の比率が高く、日中忙しく働く彼らは、仕事のあと、疲れを癒すために日本酒を飲んでいました。そんななか、手軽に酒が飲めるうえにおなかも満たしてくれる居酒屋は非常に便利な存在で、瞬《またた》く間に町に増えていきました。その後約五十年で、居酒屋の数は人口約五百五十人につき一軒と、二〇〇〇年代における東京の酒場の数とそう変わらない割合になったそうです。

居酒屋のメニューは、本書でも紹介している葱鮪《ねぎま》鍋《なべ》や湯豆腐をはじめ、芋の煮転ばしやから汁といった庶民的なものから、鮟鱇《あんこう》汁やふぐ汁のようなちょっと珍しいものまでさまざまでした。しかしせっかちな江戸っ子は、まずは肴《さかな》より酒。すぐにポリポリと食べられる辛あられが受けたというのも納得です。

栄吉の辛あられ

レシピ

■材料（作りやすい分量）

切り餅《もち》4個　塩小さじ1　一味唐辛子小さじ½　揚げ油適量

■作り方

①餅は1㎝角に切り、ざるなどに広げて1～2日干す。表面がひび割れてくればよい。

②揚げ油を160℃に熱し、①の餅の半量を入れて、香ばしく揚げ、油をきったら、熱いうちに、塩と一味唐辛子をまぶす。袋に入れてふるとよい。残りも同様に作る。

餅を入れたら、ときどき油全体を混ぜながら揚げる。餅のふくらんだ面も薄茶色になるのが目安。

【おゆきさんのひとこと】

文中の「醬油の香ばしさ」が欲しいときは、切った餅にしょうゆをからめてから干します。揚げるとき、焦げやすいので気をつけて。現代風にアレンジするなら、カレー粉をまぶすのもおすすめです。

いつものお団子

菓子司安野屋へ着いた仁《に》吉《きち》と鳴家、お獅子《しし》は、栄吉が皮を包《くる》んだという饅頭と、餅を丸めたという団子を、少しばかり買うこととなった。

たっぷりと買わなかったのは、安野屋で栄吉は、餡を作らせてもらえていなかったからだ。つまり全《すべ》てを栄吉一人でこしらえた菓子は、拝めなかったのだ。仁吉は小さく息をついた。

（おかげで味の方は、心配無いが）

『いっちばん』所収「いっちばん」より

菓子屋の跡取りであるにもかかわらず栄吉は今でも少しばかり……いや相当に、餡子を作るのが苦手であった。

（中略）

だが両親は、期待してくれている。だから修業して上手《うま》くなればいいのだ。親友で幼なじみでもある長崎屋の若だんな一太郎も、信じてくれている。だから大丈夫だ。何より栄吉は、菓子作りが好きであった。菓子職人の他に、なりたい仕事は無い。

だから、だから、だから！

（諦《あきら》めたらその時、おしまいになる。己《おのれ》を疑うな。大丈夫だ）

栄吉は誰に何と言われようと、以前父が掛けてくれたこの言葉を信じているのだ。

『いっちばん』所収「餡子は甘いか」より

奉公人のつぶやき

修業先の安野屋での栄吉の奮闘を描く「餡子は甘いか」では、その安野屋から砂糖が盗まれるという事件が発生します。

いつものお団子

レシピ

■材料（3～4人分）

上新粉120g　白玉粉30g　みたらしあん（しょうゆ大さじ1、砂糖30g、水¼カップ、片栗粉大さじ½～1）　小豆あん（134ページ参照）適量

■作り方

①ボウルに上新粉と白玉粉を合わせ、ぬるま湯¾カップを入れて、箸《はし》で粉けがなくなるまで混ぜたら、手でよくこねる。

②蒸し器にぬれぶきんを広げ、①の生地を三つに割って入れ、15分蒸す。

③水でぬらしたボウルに②を入れ、ぬれぶきんを巻いた手で、生地を一つに合わせてよくこねる。24個の団子に丸め、3～4個ずつ竹串に刺す。

④鍋にみたらしあんの材料を合わせて火にかけ、混ぜながら煮る。とろみが出て、透明になればよい。③の団子の半量にからめる。残りの団子には小豆あんをのせる。

上新粉と白玉粉にぬるま湯を加えてよくこね、三つに分けて蒸してから、再び一つにしてよくこねる。

【おゆきさんのひとこと】

御用とお急ぎでない方は、団子を網の上で香ばしく焼いてみましょう。ひと味プラスしたみたらし団子になります。

江戸時代の砂糖は、それだけとても高価なものでした。砂糖は奈良時代、唐からやってきた鑑真が日本にもたらしたといわれていて、江戸時代に入るまでは、長く輸入品に頼ってきました。しかしながら、八代将軍吉宗の享保《きょうほう》期に、国内における砂糖生産が奨励されるようになりました。その後、流通していた砂糖としては、輸入品、そして奄美《あまみ》で作られる黒砂糖等がありましたが、なかでも最も品質が高いとされていたのが、讃岐《さぬき》地方で作られた白砂糖、和三盆でした。やがて江戸後期になると砂糖はより身近になり、菓子のみならず、蕎麦《そば》やうなぎ、田楽《でんがく》などの料理に調味料として使われるようになったそうです。

江戸の人々にとって甘いものは生活の喜びの糧《かて》でした。菓子屋の種類もさまざまで、京都から伝わった将軍家や公家など上流の人々が口にする菓子、通称上菓子を売る上菓子屋、庶民が気軽に食べられる饅頭や団子を出す店や屋台など、さまざまな形態の菓子屋があったようです。

ここでは、長崎屋でも日々のおやつや宴会に多々登場するお団子をご紹介しました。甘い小豆あんと、甘辛いみたらしあん。交互に食べると止まらなくなりそうです。

あとがき

畠中恵

『しゃばけごはん』に出てくる美味《おい》しそうなご馳走《ちそう》を見て、病がちな若だんなは、幸せだと申しておりました。

日頃、沢山食べられないにもかかわらず、妖《あやかし》達と一緒に、色々美味しいものを食べてきたんだなと、今更ながら、嬉《うれ》しい気持ちになったのだそうです。

一方、食いしん坊の揃《そろ》った妖達は、今、騒いでおります。『しゃばけごはん』に好物が沢山載っていたので、お腹《なか》が空《す》いた、食べたい、わいわいしたいと言っているのです。

雷豆腐がいい。うどんが食べたい。田楽の味噌《みそ》は、多めに付けて欲しい。妖達は横から写真を指さし、勝手を言っております。

物書きにとっても、江戸の頃から伝わる美味のお品書きがあり、今も食べられるのは、ありがたい事でして。ご馳走と共に、様々な昔の光景が湧《わ》き上がります。それが、次の美味しいものの場面を、浮かび上がらせてくれるのです。

そして今回、『しゃばけごはん』を見て、読んで、作者も妖達と、〝わいわい〟してみたいと思いました。

ええ、お弁当の写真を見て、お花見をしてみたくなったんです。若だんな達が、お花見をしたことのある飛鳥山《あすかやま》は、以前、作者が住んでいた場所から近かったので、桜が咲く様子を、毎年、電車の窓から拝見しておりました。

ただ、あそこで花見をしたことは、まだ、ありません。

小鬼達を連れ、並の人のように装《よそお》った妖達と連れだって、花の山に行ってみたいです。『しゃばけごはん』で、江戸のお弁当に入っていた、あの美味しそうなご馳走を持って、花吹雪の中に入るわけです。

　飛鳥山なら、江戸の頃から有名な扇屋さんが近いですから、一子相伝の釜焼《かまやき》玉子も買います。きっと妖も喜びます。

　桜の花びらが雪のように降る中、江戸のご馳走を食べたら、妖の居る江戸を、体験できるような気がするのです。馴染《なじ》みの河童《かっぱ》や、御坊方も花見に来るでしょうか。

「きゅい、じゃ、行こう」

　花の季節はまだなのに、誘ってくる者がいます。まずは『しゃばけごはん』を一緒に見つつ、妖とのご馳走の一時を、楽しもうと思います。

参考文献

『江戸の食文化』原田信男編　小学館
『江戸の食空間』大久保洋子著　講談社
『江戸っ子は何を食べていたか』大久保洋子監修　青春出版社
『居酒屋の誕生』飯野亮一著　筑摩書房
『図説　和菓子の歴史』青木直己著　筑摩書房
『江戸料理読本』松下幸子著　筑摩書房
『再現　江戸惣菜事典』川口はるみ編　東京堂出版
『料理百珍集』原田信男校註・解説　八坂書房
『豆腐百珍』福田浩　杉本伸子　松藤庄平著　新潮社
『完本　大江戸料理帖』福田浩　松藤庄平著　新潮社
『江戸の献立』福田浩　松下幸子　松井今朝子著　新潮社
『大江戸食べもの歳時記』永山久夫著　新潮社

さくいん

本書は文庫オリジナル作品です。

しゃばけ
日本ファンタジーノベル大賞優秀賞受賞
畠中恵著

大店の若だんな一太郎は、めっぽう体が弱い。なのに猟奇事件に巻き込まれ、仲間の妖怪と解決に乗り出すことに。大江戸人情捕物帖。

ぬしさまへ
畠中恵著

毒饅頭に泣く布団。おまけに手代の仁吉に恋人だって？ 病弱若だんな一太郎の周りは妖怪がいっぱい。ついでに難事件もめいっぱい。

ねこのばば
畠中恵著

あの一太郎が、お代わりだって?! 福の神のお陰か、それとも…。病弱若だんなと妖怪たちの「しゃばけ」シリーズ第三弾、全五篇。

おまけのこ
畠中恵著

孤独な妖怪の哀しみ（「こわい」）、滑稽な厚化粧をやめられない娘心（「畳紙」）……。シリーズ第4弾は〝じっくりしみじみ〟全5編。

うそうそ
畠中恵著

え、あの病弱な若だんなが旅に出た!? だが案の定、行く先々で不思議な災難に巻き込まれてしまい——。大人気シリーズ待望の長編。

ちんぷんかん
畠中恵著

長崎屋の火事で煙を吸った若だんな。気づけばそこは三途の川!? 兄・松之助の縁談や若き日の母の恋など、脇役も大活躍の全五編。

畠中恵著

てんげんつう

仁吉をめぐる祖母おぎんと天狗の姫の大勝負に、許嫁の於りんを襲う災難の数々。若だんなは皆のため立ち上がる。急展開の第18弾。

畠中恵作
柴田ゆう絵

新・しゃばけ読本

物語や登場人物解説などシリーズのすべてがわかる豪華ガイドブック。絵本『みぃつけた』も特別収録！『しゃばけ読本』増補改訂版。

畠中恵
高橋留美子ほか著

しゃばけ漫画
—仁吉の巻—

高橋留美子ら7名の人気漫画家が、「しゃばけ」の世界をコミック化！若だんなや妖たちに漫画で会える、夢のアンソロジー。

畠中恵
萩尾望都ほか著

しゃばけ漫画
—佐助の巻—

「しゃばけ」が漫画で読める！萩尾望都ほか豪華漫画家7名が競作、初心者からマニアまで楽しめる、夢のコミック・アンソロジー。

畠中恵著

アコギなのかリッパなのか
—佐倉聖の事件簿—

政治家事務所に持ち込まれる陳情や難題を解決するは、腕っ節が強く頭が切れる大学生！「しゃばけ」の著者が贈るユーモア・ミステリ。

畠中恵著

さくら聖・咲く
—佐倉聖の事件簿—

政治の世界とは縁を切り、サラリーマンになる。そう決意した聖だが、就活には悪戦苦闘!? 爽快感溢れる青春ユーモア・ミステリ。

しゃばけごはん

新潮文庫　は - 37 - 47

令和三年十二月一日発行
令和三年十二月二十日二刷

著者　畠《はたけ》中《なか》恵《めぐみ》
料理　川《かわ》津《つ》幸《ゆき》子《こ》

発行者　佐藤隆信
発行所　株式会社新潮社
郵便番号　一六二—八七一一
東京都新宿区矢来町七一
電話　編集部(〇三)三二六六—五四四〇
読者係(〇三)三二六六—五一一一
https://www.shinchosha.co.jp

価格はカバーに表示してあります。

乱丁・落丁本は、ご面倒ですが小社読者係宛ご送付ください。送料小社負担にてお取替えいたします。

印刷・錦明印刷株式会社　製本・錦明印刷株式会社

ISBN978-4-10-146175-5　C0195